O OUTRO LADO DA
memória

Beatriz Cortes

O outro lado da
memória
O amor pode estar onde menos se imagina

2ª Edição

novo século®
São Paulo 2014

Copyright © 2014 Beatriz Cortes

COORDENAÇÃO EDITORIAL Silvia Segóvia
DIAGRAMAÇÃO Vanúcia Santos (asedicoes.com)
CAPA Monalisa Morato
REVISÃO Alline Salles (asedicoes.com)

Texto de acordo com as normas do Novo Acordo Ortográfico da Língua Portuguesa (Decreto Legislativo nº 54, de 1995)

Dados Internacionais de Catalogação na Publicação (CIP)
(Câmara Brasileira do Livro, SP, Brasil

Silva, Beatriz Cortes da
  O outro lado da memória: o amor pode estar onde menos se imagina / Beatriz Cortes. -- 2. ed. -- Barueri, SP: Novo Século Editora, 2014.

1. Ficção brasileira I. Título.

14-06809 CDD-869.93

Índices para catálogo sistemático:
1. Ficção : Literatura brasileira 869.93

2014
IMPRESSO NO BRASIL
PRINTED IN BRAZIL
DIREITOS CEDIDOS PARA ESTA EDIÇÃO À
NOVO SÉCULO EDITORA LTDA.
Alameda Araguaia, 2190 – Conj. 1111
CEP 06455-000 – Barueri – SP
Tel. (11) 3699-7107– Fax (11) 3699-7323
www.novoseculo.com.br
atendimento@novoseculo.com.br

Para todas as pessoas que acreditam que a verdadeira felicidade está em encontrar e entender a si mesmas.

Agradecimentos

Primeiramente, agradeço a Deus, Aquele que fez com que meu sonho fosse realizado, que me ama apesar do que sou, que está sempre ao meu lado. Porque d'Ele, por Ele e para Ele são todas as coisas.

Foram tantas as pessoas que se dedicaram a me ajudar para este lançamento que nem sei por onde começar. Com isso tudo, aprendi que as pessoas que menos podem são as que mais ajudam. Sou muito feliz por ter essas pessoas ao meu lado.

Agradeço à equipe Novo Século pela atenção, pelo carinho e por confiar em meu trabalho.

À minha família. Minha mãe Cláudia e meu pai Fábio por acreditarem em meus sonhos. Muito obrigada ao Aloísio, à Lidiane, a paciência dos meus irmãos com minha mudança terrível de humor por causa da ansiedade. Aos meus tios e primos que me ajudaram fielmente durante esses meses. Meu maior agradecimento aos meus avós Ailton e Célia. Sem o apoio deles, nunca teria chegado aonde cheguei. Obrigada por tudo. Meus maiores exemplos. Amo vocês.

À Renatha Fogaça e ao Rike, pelo apoio e pelo carinho. Obrigada!

Meus sinceros agradecimentos às minhas eternas professoras Erlândia Gomes, pela revisão do meu texto, e Delminda Joia, pelo apoio e pelo carinho. Ao fotógrafo do meu coração, Deiwid Oliveira, à Laura Moura e ao Leonardo Moura, ao Thiago Motta! Obrigada pelo apoio!

Aos meus amigos, que me ajudaram de todas as formas possíveis, financeiramente e emocionalmente. Obrigada pelas orações. Eu amo cada um de vocês. Muito obrigada, por tudo. Aos meus psicoamigos. Obrigada por suportarem minhas catarses, e espero que nossa transferência dure a vida inteira. Amo vocês.

À prefeitura de minha cidade e a todas as pessoas que me ajudaram financeiramente, que acreditaram em mim e investiram nesse sonho.

Meu enorme agradecimento às autoras Adriana Brazil e Lilian Reis, que me incentivaram em todos os momentos. Suas histórias me serviram de inspiração.

E meu último e importante agradecimento a todos os leitores que me receberam de braços abertos e são as peças essenciais do meu trabalho. Escrevo para vocês. Obrigada por tudo!

"Somos feitos de carne, mas temos de viver como se fôssemos de ferro."

(Sigmund Freud)

Prólogo

Sempre pensei que me preocupar com sentimentos era perda de tempo. Na verdade, acreditei que pensasse realmente dessa forma; foi só quando tomaram conta de mim que fui perceber... Sentimentos são essenciais para se viver. Sentimentos não são apenas sentimentos. São ações, gestos, expressões...

O amor, por exemplo, não é algo que palavras bonitas possam descrever. Sem ações, gestos e expressões, ele é, tão somente, nada. O amor é construído por ações e reações; revela-se de diversas formas, até pelo silêncio. Silêncio que, às vezes, tortura nossa alma e nos faz achar que nada vai mudar. Alguns momentos não conseguimos entender se o que sentimos é realmente amor. É tão confuso quanto a vida. Quanto viver. Por isso, muitas vezes, é mais cômodo desistir. Desistir pode parecer atrativo, fácil. Porém, a dor interior que isso causa vai refletir em qualquer outra coisa que fizer. Já quando se insiste em algo, é trabalhoso, cansativo, esgotante. E não temos a certeza de que seremos recompensados no final, mas teremos a certeza de que fizemos o possível. Mas de uma coisa eu sei: o amor jamais será um sentimento qualquer.

1

Não sei o significado da palavra amor.
Nem quero saber por enquanto.

※※※

Sentada no chão da varanda da minha casa, com Fred ao lado mordendo meu pé (Fred é meu *poodle*), já era o oitavo pedaço de papel amassado em minhas mãos. Detesto admitir, mas não sei escrever. Quer dizer, escrever eu sei; deixe-me explicar melhor: não sei construir textos. Sinceramente, não sei onde poetas e escritores famosos encontram tanta inspiração para escrever, para compor cada frase do texto como se uma palavra servisse de encaixe a outra, como se elas se completassem. Não entendo; pior, não consigo.

Lição de casa: fazer uma redação inspirada em alguma obra literária. Observação: não poderá "colar" a história, ela deverá ser completamente diferente da real.

Ok! Sei que isso é impossível! Mas parece que a professora de literatura não sabe. "Só ri de uma cicatriz quem nunca foi ferido." Como posso criar um texto se não descobri qual era a fonte de inspiração de Shakespeare para criar frases como esta de *Romeu e Julieta*? Desisto. Nada de redações, nada de textos nem de lição de casa. Ainda bem que a professora deu três semanas para fazer esta bendita.

Continuava sentada no chão da varanda, brincando com Fred, quando meu irmão mais novo, o Edu, apareceu.

– O que faz aí, Luíza?

– Estou tentando fazer a lição de casa. Aonde você vai arrumado deste jeito?

– Tenho um encontro! – ele disse todo orgulhoso.

– Encontro?

– É... Por falar nisso, estou atrasado. Até mais, maninha...

E saiu porta afora, feito um louco. Será que aquilo era mesmo verdade? Meu irmão de onze anos tinha um encontro e eu, com dezoito, sequer me atrevia a falar sobre esse assunto com um garoto de novo? Eu que não cresci ou foi meu irmão que cresceu prematuramente?

O problema deve estar em mim. Eu que não cresci o suficiente ainda – o suficiente para tomar vergonha na cara e fazer alguma coisa a respeito. Mas, na verdade, nem sei se quero agir. Não acredito nesse amor que minhas amigas falam que sentem, quando um dia amam um e depois amam outro. Acho que nem sei de verdade o significado da palavra AMOR. E nem quero saber, por enquanto.

Na escola, um dia após o detestável encontro do meu irmão, que tinha ficado o resto da noite anterior contando como "ela é maravilhosa", a professora de Literatura, Carla, perguntou se alguém já havia iniciado a redação. Ninguém se mexeu. Sabia que ia sobrar para mim. Sempre tenho essa sorte.

– Então, Srta. Luíza, começou a escrever seu texto?

– Ainda não, professora... – respondi.

– Por que não? Dificuldade para escolher a obra inspiradora adequada?

– Talvez.

Foi aí que ouvi o som milagroso do sinal tocando, avisando que era hora do intervalo. Salva pelo sinal!

Saí da sala e me sentei, como todos os dias, ao lado da Carol e da Júlia, minhas amigas. Na verdade, nem sei se eram tão amigas assim.

– Já sabem da novidade? – perguntou Carol.

– Que novidade? – disse Júlia.

– O menino da outra turma que chegou hoje...

– Não. Quem é? – perguntei desinteressada.

– O nome dele é Arthur Campos.

– E ele faz alguma coisa interessante? – indaguei.

– Foi capitão do time de basquete da outra escola. Saiu de lá porque os pais dele precisaram se mudar pra cá. E olha só, já tem dezoito anos, hein! – Carol deu um sorrisinho cínico.

– Não consigo entender como você consegue descobrir tanta coisa... – resmungou Júlia.

– Nem eu! – Carol respondeu rindo.

– Então ele é mais um idiota jogador de basquete? Foi bem aceito aqui?

– Descubra você mesma... – Carol olhou para frente e eu a acompanhei.

Vinha, em nossa direção, o time de basquete inteiro, e ele, Arthur Campos, junto. Pararam na nossa frente.

– Pronto, Arthur, quero que conheça a Carol, minha namorada. Estou deixando bem claro que é MINHA namorada... – disse Pedro, rindo.

– E precisa, amor? – perguntou também ainda rindo. – Prazer, Arthur... Carol Oliveira.

– Arthur!

– Essa é Júlia Miranda, e tem dono também... – continuou Pedro.

— Eu sou o dono! — Luan saiu falando de trás do grupo e abraçou Júlia.

— Prazer, Arthur... — ela disse, e ele sorriu.

— Essa é a nossa amiga, Luíza Bedim! — falou Pedro, rindo da minha cara de tédio.

— Olá, Luíza! — cumprimentou Arthur.

— Oi — respondi.

— É melhor a gente ir, não acha? Precisamos ver os dons do nosso novo capitão — disse Pedro, todo orgulhoso, enquanto o restante do time vibrava de animação.

— Vamos, então — falou Luan.

— Foi um prazer, meninas... — despediu-se o tal Arthur.

E saíram gritando, como um verdadeiro bando de idiotas e machistas jogadores de basquete. Não tenho nada contra os jogadores de basquete, quero deixar bem claro, apenas acho os jogadores da minha escola uns idiotas.

— Ai... Ele é tão lindo! — suspirou Júlia.

— Também achei uma gracinha! — concordou Carol.

— Então é assim? O cara mal chega à escola, diz ter sido o melhor jogador de basquete de não sei onde, toma o lugar do capitão, que simplesmente ofereceu seu cargo a ele, o que jamais aconteceria em uma escola normal, e pronto! Ele vira "o popular" em menos de um dia? Sinceramente, não acho que ele seja nada do que aparenta ser. Vocês nem o conhecem! Ele pode ser, sei lá, um maníaco... Tá, fui longe demais, mas pode muito bem ter sido apenas um garoto comum na outra escola. Ninguém aqui sabe nada desse menino, gente, vocês confiam muito rápido.

Foi aí que percebi a cara de assustada das meninas para mim. Isso acontecia com certa frequência, mas, desta vez, a expressão delas estava fixa em algo atrás de mim. E, quando me virei para ver o que havia acontecido, deparei-me com um par de olhos azuis grudados em mim. O Arthur. Arthur Campos. O jogador de basquete idiota. Ele não se movia. Apenas me encarava de boca aberta. Eu também não me movia. E meus olhos estavam presos nos dele.

— Arthur, anda... Estamos esperando você. Pega esse tênis e vem logo... – gritou Pedro do outro lado do pátio.

Arthur se abaixou, pegou um par de tênis que, provavelmente, havia esquecido, e saiu sem olhar para trás. Júlia e Carol continuavam boquiabertas e com o olhar paralisado. Sequer piscavam.

— Lu-í-za... – disse Júlia ainda estática.

— O que foi que você fez? – perguntou Carol.

— O que foi, gente? Estão preocupadas com o quê? Fui eu que falei... Vocês não têm absolutamente nada a ver com isso. Vou pra sala... Espero vocês lá.

As meninas permaneceram no pátio e eu corri em direção à sala. Não conseguia raciocinar direito. O garoto devia achar que eu era um monstro ou sei lá mais o quê... Mas, de verdade, nem me importei. Assisti às duas últimas aulas e fui em direção à porta da escola. Tinha a impressão de que o time inteiro de basquete já sabia das coisas bárbaras que eu havia dito. Quando estava quase alcançando o meu objetivo – sair da escola –, alguém me puxou e me levou para dentro do almoxarifado do zelador, um lugar apertado e escuro.

— Arthur?

— Psiiiu... Fica quieta, Luíza. Só queria conversar com você sem que os outros vissem.

— E o que foi, então?

— Luíza, eu ouvi tudo o que você disse de mim para suas amigas... E, sinceramente, não entendo por que está fazendo isso. A gente nem se conhece...

— Fazendo o quê? Não estou fazendo nada.

— Dá pra falar mais baixo?

— Tá, tá bem... Fala... Explica, então.

— Escuta só... Não quero você falando de mim pros outros. Estou avisando apenas desta vez. Nem te conheço e você nem me conhece. Então, ninguém aqui pode falar nada de ninguém, entendeu?

— Dá pra tirar o seu dedo da minha cara, senhor desconhecido? Não te conheço mesmo, nem pretendo conhecer, já que não fui com a sua cara. Ainda mais depois de descobrir que você é outro jogador idiota de basquete e mais ainda por ter tido essa atitude ridícula de me trazer pra cá.

— Jogador idiota de basquete... Por que repete tanto essa frase? Algo nos jogadores te atrai?

— Se me atraíssem, eu não os chamaria de idiotas, não acha?

Arthur estava perigosamente perto de mim... É estranho, mas senti pela primeira vez, desde muito tempo, o perfume de um homem. E foi incrivelmente bom. Mas não deixei de odiá-lo. Se eu já não gostava do Arthur, agora é que iria detestá-lo mais. Foi aí que aconteceu o pior momento da minha vida. A porta do almoxarifado se abriu. O terrível e assombroso zelador nos viu, e, pior, muito próximos. Possivelmente achou que estivéssemos fazendo outra coisa ali dentro. Jamais acreditaria que íamos apenas discutir.

— O que vocês dois estão fazendo aí dentro no escuro? — sua voz era pavorosa.

Nenhum de nós respondeu nada. Ficamos ambos sem reação.

— Já para a diretoria... Vocês vão ter que explicar isso pra diretora.

Droga! Droga! Droga! Só me faltava essa... Além de ir para a diretoria, tinha que ir para lá com o mais novo jogador de basquete idiota...

2

Primeiro dia de aula e ele já está fazendo estragos

— Então, Sr. Arthur, o que você e a Srta. Luíza estavam fazendo sozinhos naquele almoxarifado? – perguntou a diretora.

"Diz agora, bonitão, o que estávamos fazendo naquela droga de sala...", pensei.

— Eu acho muito inconveniente o senhor, em seu primeiro dia de aula, já ser chamado à atenção. Não me causou uma boa impressão, Arthur.

— Peço desculpas, diretora, é que eu e a Luíza estávamos... estávamos... apenas conversando...

— Conversando? Na escuridão do almoxarifado? Ótimo lugar para conversarem, não acha? Portanto, agora vão ter tempo de sobra para conversar... A partir de amanhã, após o término das aulas regulares, vocês ficarão uma hora a mais na escola... Três vezes por semana, cada dia limpando um espaço, nesta ordem: quadra, auditório e laboratório de ciências... Juntos.

— O quê? – perguntei assustada.

— Não quero ouvir reclamações. Acho bom ficarem quietos ou vão piorar as coisas...

— Mas...

— Nem mais nem menos, senhores... Estão dispensados.

Saímos da sala da diretora. Agi por impulso e, simplesmente, fui para cima do Arthur:

— Está ficando maluca?

— Você que está. Viu no que me meteu? Seu idiota... Você é, sim, um jogador de basquete idiota e estúpido. E agora? Vou ter que limpar aquela droga de sala por sua culpa. SUA CULPA.

Apontei o dedo para seu rosto. E ele o abaixou com suas mãos.

— Dá pra abaixar o dedo?

— Escuta aqui, Arthur, você não me conhece, viu? Não me conhece!

Virei as costas e saí pisando duro. Minha vontade era esganá-lo! Andando daquela forma, parecia uma criança. Porém, não estava nem ligando para o que ele ou os outros iam pensar de mim. Não acreditava que ia ter que passar uma hora do meu dia, durante um bom tempo, arrumando a escola com aquele desconhecido... Assim que cheguei à minha casa, liguei para a Carol.

— Luíza, por que você demorou? Nem adianta brigar comigo porque eu te esperei na saída da escola e você não apareceu...

— Eu não liguei pra brigar com você, Carol... Estou a fim de matar outra pessoa hoje...

— Quem?

— Aquele jogadorzinho de basquete ridículo! Ai... Que raiva dele!

— Ai, amiga... Ele pode ser muita coisa, mas, me desculpe, ridículo ele não é mesmo!

— Não importa! Você não sabe o que ele está me fazendo passar.

— No primeiro dia de aula ele já está causando estragos?!

– É... E um dos bem grandes. Ele me puxou pra dentro do almoxarifado do zelador, amiga...

– Ele te agarrou?

– Não, né. Ele me levou pra lá pra me dar uma lição de moral! Coitado... Tinha que vê-lo dando uma de durão pra cima de mim.

– O que ele queria?

– Veio cheio de história, pedindo pra eu parar de julgar antes de o conhecer, porque ele ouviu as coisas que eu disse dele pra vocês.

– Sério? Que lindo, amiga... Ele foi educado!

– Lindo é o que vem depois. O zelador chegou e nos viu lá dentro. Você deve imaginar o que aconteceu depois...

– Diretoria?

– Uma hora por dia, três vezes por semana limpando o auditório, a quadra e o laboratório de ciências com aquele infeliz.

No dia seguinte, na escola, tudo estava normal. Sabe, eu sei que daqui a uns dias nem vou me lembrar do real motivo de ter ido parar na diretoria, porque será algo tão idiota e monótono para mim que nem vai fazer diferença. Já tinha decidido que não discutiria com o "Mané", até porque também havia resolvido que não dirigiria a palavra àquele cidadão delinquente enquanto eu respirasse o mesmo ar poluído que ele naquelas horas... Para não me infectar com tal tolice.

Na hora do intervalo, eu e as meninas estávamos no mesmo lugar de sempre, quando o time de basquete apareceu.

– Querem ver nosso treino de hoje?

– Hoje eu não posso, amor... Tenho um trabalho pra apresentar daqui a pouco e preciso estudar o assunto mais um pouco – disse Carol.

– Nunca assisti a nenhum treino de vocês; por qual motivo eu assistiria hoje? – debochei.

– Porque eu estarei lá, minha parceira de detenção – o verme abriu a boca.

– Escuta só uma coisa: se fosse você, não falaria comigo – retruquei irritada.

– Calma, gente, é só um treino e algumas semanas limpando a escola. Vocês podem se tornar amigos! – zombou Luan.

– Júlia, acho que agora seria uma boa hora pra você calar a boca do seu namoradinho. – Devia estar vermelha de raiva.

– Vamos, pessoal... – Pedro falou, finalmente.

– Até mais tarde na detenção, parceira! – Arthur retrucou com ironia.

Eles saíram fazendo barulho como sempre, mas não existia barulho pior do que o que havia na minha cabeça naquela hora. Era como se uma escola de samba desafinada estivesse desfilando na avenida das minhas emoções. E meu cérebro, definitivamente, não suportava aquilo.

– Vou quebrar a cara daquele menino e eu estou avisando... – resmunguei.

– Calma, amiga, isso vai passar logo. Você nem vai perceber – disse Júlia.

E, pior, a bendita hora chegava. Ia ter que aturar aquele "guri" durante uma hora na detenção. Querendo ou não, era melhor do que ser expulsa da escola por ter sido agarrada pelo novato ex-capitão do time de basquete.

Depois das duas últimas aulas, as meninas me desejaram boa sorte e foram para casa. Fiquei sentada em um banco no pátio, esperando o zelador, aquele que nos denunciou. Eu tinha até preparado um discurso silencioso para falar com

Arthur. O discurso seria: não falar nada, deixá-lo no vácuo sempre que pudesse.

A escola foi esvaziando. E eu ali, sentada, esperando. Então, Arthur chegou:

– Oi – ele disse.

Eu não respondi. Levantei-me e fui andando em direção à secretaria.

– Aonde você vai? – ele perguntou.

– Atrás do zelador.

– Mas ele mandou esperar aqui.

– Quanto menos tempo respirar o mesmo ar que você, melhor.

Ele parou de me seguir. E não retrucou.

Isso foi terrível. Queria mesmo é que tivesse respondido, mas o idiota ficou quieto. Por força do consciente ou do inconsciente, sei lá, parei. E me virei para ver o que havia acontecido. Ele estava parado, me encarando.

– O que houve que você empacou aí? – perguntei sem demonstrar nenhum tipo de constrangimento.

– Por que é que você me odeia tanto se não me conhece?

– E precisa te conhecer pra te odiar?

– Acredito que sim. Mas duvido que você vá me odiar se me conhecer de verdade.

– E eu duvido de que não vou te odiar.

– Vamos apostar, então?

– Apostar? Fala sério, Arthur; não tenho a mínima vontade de receber nada que venha de você, muito menos de apostas.

– Você me dá uma chance, deixa eu te provar que não sou tão idiota assim.

– Quanto tempo duraria isso?

– Até essa maldita detenção acabar.

– E o que vamos apostar?

– Se, depois que essa detenção acabar, você ainda me odiar, prometo que nunca mais faço você respirar o mesmo ar que eu. Mas, se eu ganhar...

– O que eu tenho que fazer?

– Se eu ganhar, você passa a assistir aos treinos do time de basquete com suas amigas.

Comecei a rir.

– Por que está rindo?

– Primeiro, jamais vou gostar de você. Segundo, nem morta que eu assisto a esses treinos de basquete de vocês.

– Assim não dá pra fazer aposta nenhuma...

– Que bom. Não estou a fim de fazer mesmo!

Continuei andando em direção à secretaria. Ele continuou parado. Pensando bem, até que não seria má ideia provar que jamais vou gostar dele, quem sabe desapareceria da minha vida. Com certeza gostaria muito disso.

– Arthur. – Virei-me pra falar com ele: – Pensando bem, acho que vou aceitar sua proposta.

Eu estava definitivamente maluca. Contudo, era melhor correr o risco da loucura do que permanecer naquelas condições. E eu tinha absoluta certeza de que, algum dia, me arrependeria de não ter aceitado. O zelador chegou e fomos para o nosso primeiro e horripilante dia de detenção. Ele nos levou até o laboratório de ciências.

– Bom, vocês ficam por aqui... – disse o zelador.

– Não corremos o risco de ser envenenados com nenhuma substância tóxica, não é? – Arthur perguntou sorrindo. É claro que ele estava brincando.

– Não, não. A não ser que vocês pretendam morrer juntos, como Romeu e Julieta, provando o gosto da morte em um desses frascos do freezer.

— Ah, senhor, a última coisa que queremos, você pode ter certeza, é morrer juntos — eu me intrometi.

O zelador riu.

— Fiquem à vontade, eu estava brincando sobre os frascos; não tem nada dentro deles. Bom trabalho!

Ele se despediu e se foi.

Ficamos lá. Arthur e eu. Começamos a colocar as coisas para cima, para poder limpar o chão.

— Então, vamos lá: eu falo de mim e você fala de você, certo?

— Me nego a falar qualquer coisa de mim pra você. Afinal, é você que tem que me provar que é uma boa pessoa.

— Tudo bem, então não fala, senhorita Mau Humor. Deixa que eu falo.

Continuei arrumando as coisas que tinha que arrumar, enquanto ele tagarelava em meus ouvidos.

— ... mas além do basquete e de todas essas outras coisas, eu também gosto de ler.

Isso chamou minha atenção.

— De ler? — perguntei.

— É... De ler. Quando não estou na quadra, estou em casa lendo. Gosto de ler.

— Mas tem vergonha!

— Não. Não é vergonha. Só não falo sobre isso com meus amigos porque eles não têm o mesmo hábito que eu.

— Ah, tá. Sei... São os ignorantes jogadores de basquete.

Ficamos lá durante uma hora e dez minutos. E praticamente só ele falou. Será que ia ter que aguentar aquilo todo dia?

Não havia contado para a minha mãe sobre a detenção. Todavia, de alguma forma, meu irmão ficou sabendo e abriu a boca. Quando cheguei em casa, ela já estava preparada.

— Quer dizer que você está de castigo? — minha mãe começou.

— Quem falou?

— Eu — disse meu irmão.

— Mas como você sabe? — perguntei a ele.

— Tenho minhas fontes.

— Luíza, por que você não me contou? — indagou minha mãe.

— Mãe, não é um castigo. Só vou ter que arrumar alguns lugares da escola durante um tempo depois das aulas. Não foi nada de mais.

— O que você fez na escola?

— Se agarrou com um menino no almoxarifado — tagarelou meu irmão.

Como ele podia saber de tanta coisa?

— Mentira, mãe, não foi nada disso. Tem um garoto lá na escola que eu detesto. E ele me puxou para aquele lugar pra me ameaçar... Ele me mandou parar de falar mal dele porque eu nem sequer o conhecia. Aí o zelador chegou.

— Não quero saber de você se agarrando com ninguém, ouviu, Luíza?

Foi aí que minha mãe começou o discurso inspirador dela. E não ia parar tão cedo. Tudo por causa do fofoqueiro do meu irmão.

Tomei banho, ainda com a minha mãe falando no meu ouvido, e fui para o meu quarto. O celular tocou. Era a Carol.

— Oi, Luíza, tá viva?

— Estou, amiga. Ainda.

— Como foi lá?

— Horrível. Você acredita que aquele idiota não parou de falar em nenhum momento? Tô com meu ouvido cansado já...

— Nossa... Que bom que está viva. — Carol riu. — Mas, amiga, o que eu queria falar com você é outra coisa, e não é muito boa.

– Nossa! Ultimamente só tenho recebido notícias ruins. Mas pode falar, acho que hoje nada mais pode piorar.

– Se fosse você, não diria isso.

3

Pesadelo

O QUE PODERIA SER PIOR QUE AGUENTAR aquele idiota todo dia na detenção?

— Fala, amiga...

— Luíza, o Pedro veio me trazer em casa e me contou uma coisa. Você se lembra do Lucas?

— Como poderia esquecer? Ele desgraçou a minha vida.

— Então, ele voltou.

Perdi o chão. Nem me lembrava de como respirar. Isso não podia estar acontecendo. Não comigo. De novo. A frase da Carol ficou gravada na minha mente: "Ele voltou, ele voltou, ele voltou..."

O que eu faria agora? Ele destruiu a minha vida. Não podia sequer olhar na cara dele.

— Luíza... Você está bem? Fala comigo.

— Oi.

— Calma, amiga, vai dar tudo certo.

— Tá. Vou desligar, Carol. Obrigada por ter me avisado.

— Luíza... Faz um favor?

— Fala.

— Não falta na aula amanhã. Tem trabalho.
— Não vou faltar.
— Se cuida...

Desliguei o telefone. Pasma. Não podia ser verdade. Não podia...

Fiquei o resto do dia trancada no quarto, sem ânimo para levantar. Minha vida iria virar de cabeça para baixo mais uma vez. E, desta vez, não iria aguentar. Eu sei que não iria.

A noite demorou a passar. As cenas do passado voltavam ferozmente à minha memória, e não queria que isso acontecesse de novo. A dor era grande demais. O ódio, o nojo, a raiva. Tudo. Tudo era grande demais.

No outro dia, pela manhã, não conseguia nem pensar direito no que fazer. Ir ou não à escola? Precisava ir... Mas e se o Lucas estivesse lá? O que eu faria? Tinha que ir. Não tinha jeito. E a Carol ligou para se certificar de que eu iria.

Fui. No caminho, pensei em voltar várias vezes, mas continuei. Cheguei à escola, nem olhei para os cantos, fui direto para a sala. Carol não disse nada, apenas me olhou e acenou com a cabeça. Ela sabia o que eu estava sentindo.

No intervalo, fomos para o mesmo lugar de sempre. Apesar da minha insistência em permanecer na sala, minhas amigas não deixaram. Não passou muito tempo e eu o vi. Ele estava no fundo do pátio, sentado, com outros dois garotos. Seu cabelo negro estava da mesma forma que vi da última vez, jogado para o lado, combinando com seus olhos vazios e escuros. Me senti mal. Fiquei sem chão.

— Calma, Lu, vai dar tudo certo. Vocês não se falam há um tempo e ele não se atreveria a puxar assunto depois do que aconteceu — Carol tentou me tranquilizar.

— Será?

— Eu também acho, Luíza — afirmou Júlia.

Ficamos quietas. Só olhando. O time de basquete chegou fazendo muito alarde e estragou a minha paz.

— Amor, você precisava ver o Arthur jogando... — Luan veio falando.

— Foi magnífico! — algum idiota lá atrás falou.

— O Arthur tem o dom! — comentou Pedro.

Percebi, então, que ele vinha em nossa direção. Comecei a tremer; notei que minhas mãos suavam. Parecia que o resto do mundo havia calado a boca e só existíamos eu e os passos rápidos do Lucas se aproximando.

— Será que vocês ainda lembram de mim? — Lucas perguntou.

Todos ficaram calados, se entreolhando.

— Lucas, quanto tempo! — disse o Luan com a voz tensa.

— É, um pouco. Parece que nada mudou por aqui. — Ele me encarou.

— Ah, Arthur, esse é o Lucas. Ele foi o capitão do time durante quatro anos consecutivos! — Pedro apresentou.

— Oi, Lucas. Eu sou Arthur.

— O novo capitão? — perguntou Lucas.

— É — disse Luan.

Eu me levantei e saí. Todo mundo percebeu que havia algo errado comigo. Estava chorando. Tranquei-me no banheiro.

— Anda, Lu, sai daí... — Carol gritou à porta.

— Luiza, ele não falou com você... Você não precisa falar com ele! — Júlia completou.

— Vocês não entendem — resmunguei.

— Luíza, o sinal vai bater! Anda... Sai daí... Por favor, amiga, a gente tem que ir. Tem trabalho, lembra? — avisou Carol.

Saí do banheiro secando o rosto. Encarei minhas amigas. Queria tanto que apenas o apoio delas me bastasse. Mas não era tão simples assim.

— Anda, lava o rosto e vamos voltar pra sala — falou Júlia.

— Está bem.

Enxuguei minhas lágrimas. O Lucas era a única pessoa que me fazia chorar daquele jeito. Ninguém nunca conseguia me irritar, amedrontar ou entristecer a esse ponto. Somente ele.

Voltamos para a sala. Eles não estavam mais no pátio. Apresentei o trabalho e flutuei durante as outras aulas. Minha cabeça estava longe... muito longe! Bastou o sinal tocar para a sala de aula ficar vazia em segundos. Fiquei arrumando minhas coisas e a professora, as dela.

— Luíza, você está bem? — a professora perguntou.

— Claro, professora, por que não estaria?

— Senti você meio distante hoje...

— Não é nada.

Saí da sala. Até a professora percebeu que tinha algo errado comigo. O pior era enfrentar agora mais uma hora na detenção com o Arthur. A escola esvaziava... As meninas me esperaram no pátio.

— Você vai ter que ficar, amiga? — perguntou Carol.

— Vou. Não tem jeito! Quanto antes acabar com essa detenção, melhor.

— Então nós já vamos.

— O Arthur está vindo ali, acho que você vai ficar bem acompanhada a partir de agora — brincou Júlia.

— Super bem acompanhada! — Fui irônica.

— Olá, meninas... — disse Arthur.

— Oi e tchau. Já estamos indo — falou Júlia.

– É. Só queria te pedir uma coisa, Arthur, antes de ir embora. E, por favor, Luíza, não reclame! – Carol começou.

Tinha certeza de que não iria gostar nada do que estava por vir.

– Lá vem você... – reclamei.

– Pode falar, Carol!

– É que eu queria muito poder esperar a Lu hoje, mas não vai dar. Então, você pode deixá-la em casa?

– Não! – respondi. – Vocês duas podem parar aí. Não sou mais criança e sei muito bem o caminho de casa.

– Mas hoje não é o melhor dia pra você ir embora sozinha, Luíza, e você sabe muito bem disso! – explicou Júlia.

– Mais que a gente! – completou Carol.

– Eu levo! Eu a deixo em casa!

– Já disse que não quero! – repeti.

Elas estavam me tirando do sério.

– Lu, por favor, só hoje! – falou Júlia.

– Não podemos te esperar hoje! Ficaremos preocupadas se você for sozinha.

Pensei um instante. Estava odiando aquilo tudo. Mas, infelizmente, elas tinham razão. Não queria mesmo ir embora sozinha naquele dia. Está certo que o Arthur também não seria uma ótima companhia, mas, já que não tinha jeito...

– Tudo bem, gente! Eu vou com ele! Por vocês... – respondi.

– Ah que bom! Agora temos que ir...

Despedimo-nos e elas se foram.

– Acredito que a gente também tenha que ir... pra detenção.

– É. Vamos!

Fomos ao encontro do zelador.

– Bom, hoje vocês vão arrumar o auditório. E tenho uma notícia de que talvez não gostem muito.

— Outra notícia ruim? — Acho que não aguentaria ouvir outra má notícia.

— Fala logo...

— É que a diretora quer que, nos dias da semana que forem arrumar o auditório, venham à noite também, porque ele costuma ficar muito sujo depois da quarta aula da noite, último horário em que o espaço é usado. Ela pede que vocês venham na quinta aula pra arrumá-lo. Nesse horário, não haverá mais ninguém lá.

— Mas a gente não estuda à noite...

— Isso não é justo! — reclamei.

— Ordens da diretora. Se quiserem falar com ela e discutir com o que concordam ou não, podem ir. Só não acredito que ela vá mudar de ideia por causa disso.

— Mas que droga! Que droga!

— Calma, Luíza, não vamos piorar as coisas.

— Estou indo! Bom trabalho pra vocês! — despediu-se o zelador.

Minha vontade era de voar no pescoço dele, não necessariamente no dele, porém, já que ele não estava mais ali, qualquer um servia.

— Arthur, você ouviu o que aquele velhote disse? Não quero voltar aqui de noite!

— Nem eu, mas vamos fazer o quê? Se reclamarmos com a diretora, vai ser pior...

— E se a gente der um fim nela?

— Luíza?!

— Desculpe, estou nervosa. Mas que droga... Vamos arrumar isso logo, vai...

Não tinha mesmo para onde correr. Acabamos de arrumar o auditório em silêncio. Depois fomos para o carro; Arthur ia mesmo me levar para casa.

— Bom, espero que tenha seguro de vida — ele brincou.

— E eu espero não ter que ligar pra minha mãe me tirar da delegacia porque você não tem carteira.

— Ah, não será preciso. Eu tenho carteira.

— Ainda bem. Menos um problema hoje!

— Luíza, posso te perguntar uma coisa?

— Se eu disser que não, você vai perguntar mesmo assim... Só não prometo responder.

— Está bem. O que aconteceu com você hoje na hora do intervalo?

O que eu deveria responder? Ou não responderia? Não podia dizer a ele que era por causa do Lucas. Não podia!

— Você quer que eu te fale a verdade ou que eu não te responda?

— Fale a verdade, por favor.

— A verdade é que eu não posso te responder!

Arthur deu um sorriso cínico.

— Segunda rua à esquerda, minha casa.

— Ok! — Ele riu novamente.

Quando virávamos a esquina da minha rua, eu o vi. O Lucas estava parado, nos encarando.

— Que horas de noite na escola?

— Na quinta aula, não é?

— Isso.

Ele parou na frente da minha casa.

— Obrigada, Arthur!

— De nada. Sempre que precisar de uma dose de adrenalina, estarei aqui.

Dessa vez eu ri enquanto saía do carro.

— Arthur...

— Oi!

— Me desculpe se fui grossa com você.

— Tudo bem! Você não gosta de mim mesmo!

— É verdade!

Sorrimos. E entrei em casa. Não tinha ninguém. Tranquei a porta e fui para o banho. Deixei que a água gelada do chuveiro molhasse cada parte do meu corpo. Isso me deixava em paz. Fazia-me esquecer dos problemas. Troquei de roupa e, enquanto secava o cabelo, o celular tocou. Era a Júlia.

— Está viva?

— Oi, Ju, sim. Por enquanto. Onde você está? Que barulho é esse?

— Estou na natação com a Carol.

— Ah, tá! Tenho outra notícia ruim...

— Outra? Ah, não, amiga, assim você não vai aguentar!

— Verdade! Mas, sabe, estou com vontade de matar aquela diretora. Ai que raiva, viu...

— Conta! O que ela fez?

— Disse que nos dias em que eu e o "coisa chata" formos arrumar o auditório, vamos ter que arrumar de noite também.

— Como assim, de noite?

— À noite, depois da última aula no auditório. Acredita nisso?

— Que droga, hein, amiga?

— Nem fala. Mas deixa, uma hora acaba, não é?

— Você já está até se conformando em ver aquele bonitão do "coisa chata" todo dia...

— Muito engraçado! Jamais vou me acostumar com aquela coisa!

— Lu, tenho que desligar... O professor está chamando. Depois a gente se fala. Beijo!

– Tá. Beijo – desliguei. – Bonitão! – Ri.

Ouvi um barulho na cozinha. Minha mãe e meu irmão haviam chegado. Foram fazer compras, portanto, teriam assunto para o resto da noite. Nem iriam perceber minha ausência.

Fiquei o resto da tarde dentro do quarto. Só desci para comer alguma coisa. Mas nem minha mãe nem meu irmão falaram algo. Estava deitada quando minha mãe apareceu à porta.

– Luíza, vou levar seu irmão e uma amiga dele ao cinema. Você quer ir?

– Não, mãe, obrigada!

– Tchau, então, meu amor!

– Tchau, mãe!

Que coisa mais brega! Minha mãe ia levar meu irmão e a namoradinha dele ao cinema. Bem capaz de eu ir, não é? Afinal, já estava na hora de eu me arrumar também para voltar ao meu martírio. Vesti um short jeans e uma blusinha preta, calcei um tênis, passei perfume e fui.

Peguei o ônibus em outro ponto para não precisar ir à esquina lá de casa. Cheguei à escola, faltavam dez minutos para a quarta aula acabar.

Entrei. Fiquei na porta do auditório esperando.

Nada de Arthur...

Cinco minutos.

Nada de Arthur...

Acabou a aula, os alunos saíram. Nada de Arthur...

Entrei no auditório. Ia matar aquele garoto se ele não fosse. Fui adiantando o serviço, empurrando as cadeiras...

Vi o piano ali parado, sozinho. Resolvi tocar um pouco; tinha feito seis anos de aula de piano e quatro de canto. Deveriam servir para alguma coisa.

Toquei... Cantei...

4

Uma artista

Quando tocava e cantava dessa forma, parecia que nada mais havia em minha volta. Era como se eu estivesse liberta das dores que o passado havia me causado. Eu me esquecia de todos os momentos que tinham acabado com minha vida. De todos os instantes que me haviam feito chorar. Cada nota emitida por aquele instrumento tocava no mais íntimo do meu ser; cada som emitido por minha voz me fazia sentir a paz que tanto tentava recuperar. Mas algo me despertou do meu sonho.

Quando olhei e me dei conta, Arthur estava chegando no palco batendo palmas.

— Uma artista!

— Arthur...

— Luíza, você...

— Pare! Por favor! — Corri e o empurrei. — Pelo amor de Deus, Arthur! Promete, PROMETE, que não vai contar isso pra ninguém! Promete?

— Mas por quê? Você é uma artista! Por que ninguém pode saber?

— Eu não te devo explicações.

— Acredito que todos os professores adorarão descobrir que há uma artista na escola.

— SEU CRETINO!

— Luíza, para de agir como idiota! Por que motivo você não iria querer que as pessoas soubessem do seu dom? Isso não é algo bom? Você pode usá-lo pra muitas coisas...

— Não sou você! Não me escondo atrás de dons. Só estou te pedindo, por favor, para não contar pra ninguém que voltei a tocar piano.

— Não pretendia contar.

— Ainda bem!

— Luíza, isso é muito bom pra ficar escondido.

— O que você quer que eu faça? Quer que eu seja como você? Que usa os seus dons pra aparecer?

— EU NÃO FAÇO ISSO! — Ele me encarou e fiquei em silêncio. — Vamos arrumar isso logo, vai, pra gente ir embora logo!

— Você tem razão. O que eu mais quero é dar o fora daqui!

Arrumamos o auditório sem trocar uma só palavra. Eu me consumia de raiva por todos os motivos do mundo. E aquele idiota ainda iria me arrumar mais problema!

Fomos embora em silêncio, já que ele insistiu em me levar. Assim que chegamos à minha rua, coloquei a mão na trava da porta do carro, mas fui contida pela mão de Arthur.

— Espera, por favor! — ele pediu.

Fiquei, porém, com os olhos fixos em minhas mãos.

— O que foi?

— Quero te pedir desculpas por ter falado daquela forma. Sinceramente, fiquei abismado com você. Não esperava te ver... daquela forma!

— Te surpreendi?

— Sim.

— Que bom! Obrigada. Boa noite!

— Boa noite.

Saí do carro e fui direto para o quarto. Minha mãe e meu irmão já estavam deitados. Tomei banho e deitei de frente para a janela; fiquei olhando as estrelas.

As coisas poderiam ser menos complicadas, mas acredito que dessa forma elas não teriam tanta graça. Mesmo assim, detesto que sejam tão difíceis.

Arthur, agora, conhecia um dos meus pontos fracos. E tinha certeza de que isso ainda viria à tona.

Durante a noite, tive diversos pesadelos, e neles sempre via o rosto do Lucas. Demorei muito tempo para conseguir esquecer um pouco aquele rosto e dormir em paz. De repente, ele volta. Nem a pior pessoa do mundo merecia isso!

De manhã, fui para a escola. Parecia que a cama havia dormido em cima de mim, e não eu sobre ela.

— Meu Deus, que cara é essa, amiga? — perguntou Carol.

— Nem me perguntem...

— O que houve ontem à noite? — Júlia indagou.

— Coisas demais aconteceram ontem à noite... Vocês nem imaginam!

Não queria contar para elas, mas não tinha pra onde fugir. As duas não iriam sossegar enquanto eu não contasse. Falei sobre o piano, sobre Arthur. Só não contei os detalhes da nossa conversa. Tinha certeza de que não entenderiam mesmo.

Uma hora eu teria que vê-lo. Cedo ou tarde, teria que encarar isso. Eu fugi a manhã inteira do Arthur. Entretanto, ainda tinha a detenção. Que teria de cumprir. Não tinha jeito. Na hora do intervalo, fiquei dentro da sala, e as meninas não me obrigaram a sair. Mas, ao final do turno escolar, fui obrigada a me retirar. Encaminhei-me ao pátio; felizmente, o Arthur não estava lá.

"Tomara que ele tenha ido embora, eu arrumo a quadra sozinha", pensei.

O zelador se aproximou.

— Cadê o outro? Não veio pra detenção hoje?

— Eu vim. Não posso responder por ele...

— Pode ir para a quadra, então. Tudo de que precisa já está lá...

Saí de perto do zelador. Ele não fazia ideia de como eu queria socar a cara dele por ter me visto com o Arthur naquele dia, embora a culpa não fosse do zelador.

Quando cheguei à quadra, o Arthur já estava lá, com uma bola de basquete na mão, fazendo cestas e mais cestas...

— Achei que você não viria... — ele gritou.

— Não vejo a hora de acabar com essa detenção! Quanto mais cedo, melhor!

— Luíza, sobre ontem... — ele começou.

— Eu acho que a gente não tem nada pra conversar sobre ontem. Esquece aquilo!

— Por favor, me deixa falar? Será que é tão difícil me escutar pelo menos uma vez?

— É sempre difícil te escutar, Arthur; você nunca diz nada que me interessa!

— Agora eu tenho argumentos que te interessam, e você sabe quais são.

— Vai me ameaçar agora?

— Isso não foi uma ameaça! Só quero que você me escute.

— Pode falar...

— Luíza, não queria que a nossa conversa de ontem tivesse terminado daquela forma...

— E eu não queria nem que ela tivesse começado.

— Você pode me deixar falar?

— Desculpe.

— Pode confiar em mim! Tudo o que vi ontem vai ficar entre a gente. Eu prometo.

— Não costumo acreditar em idiotas que ficam fazendo promessas fáceis!

— Olha, Luíza, eu não sei de verdade o motivo de você não gostar de mim, mas deixa eu te mostrar que sou confiável...

— Você está muito perto de mim agora, Arthur, e da última vez que isso aconteceu fomos parar na detenção.

Arthur riu e se afastou.

— Então, tá. Será que, antes de começarmos a limpar o meu lugar preferido da escola, a senhorita poderia jogar uma partida comigo?

— Eu? Jogar com você? Basquete?

— Claro! Qual o problema? O que tem de mais? Você não deve ser tão ruim assim, deve? — Ele continuava rindo.

— Melhor não. Vamos arrumar isso logo pra podermos ir...

— Só um pouco, Luíza, por favor...

— Está bem, só uma. Vamos. Passa essa bola aqui...

Peguei a bola, e, por incrível que pareça, ela me pareceu mais pesada que o normal... Tentei, mas jogar basquete não era meu forte. Arthur riu de mim, e logo em seguida fez a mesma jogada que a minha, mas dessa vez acertando a cesta.

Até que estava me divertindo.

Talvez Arthur não fosse uma pessoa tão ruim. Sendo ou não, eu não deveria manter nenhum tipo de contato com ele.

No meio dessa brincadeira toda, o Arthur foi me passar a bola e eu, desatenta, não notei. Acabou que ele me acertou em cheio na cabeça. Minha cabeça girou... Achei que fosse desmaiar... Mas a minha raiva por ele era tanta que me esqueci da dor e saí correndo atrás dele; queria acertar a bola nele também.

Provavelmente, ele achou que eu estivesse brincando, pois ele estava rindo. Idiota! No meio dessa correria toda, tropecei... E caí por cima dele, que, perdendo o equilíbrio, caiu também.

Ele continuava rindo e eu continuava zonza.

Não aguentei e apoiei a cabeça em seu peito. Não sei dizer se era confortável ou não, mas, nessa altura, minha cabeça parecia que ia explodir... A única coisa que eu sentia, além da dor, eram as mãos do Arthur segurando fortemente a minha cintura, por causa do susto. E ficamos assim por uns cinco minutos. Eu de olhos fechados com a cabeça apoiada em seu peito, e ele com as mãos em minha cintura, rindo da situação.

Ouvimos, então, o barulho da porta da quadra abrindo. Ambos olhamos para saber quem era e, quando foquei a visão, vi o Lucas. Ele estava parado na porta.

– Oi – disse Arthur, rindo. – Você quer alguma coisa?

Continuei com meus olhos fixos no Lucas.

– Não, só ouvi um barulho e vim ver o que era, mas já estou de saída. Tchau! – Ele olhou novamente para mim e saiu.

– Acho melhor a gente arrumar isso logo! – falei levantando-me.

– Você está se sentindo bem? Acho que está meio zonza ainda...

– Já estou bem sim... Mas, se eu acordar com a testa roxa, você me paga – avisei.

Arthur continuou rindo e começamos a arrumar a quadra. De vez em quando, ele fazia alguma graça, mas depois de eu ter visto o Lucas as coisas não estavam mais certas na minha cabeça. E a pancada ajudou também.

— Quer que eu te leve pra casa? — Arthur me perguntou.

— Não, muito obrigada. Você já me causou muitos danos hoje!

— Você pode se sentir mal no caminho, por causa da pancada na cabeça. — "Será que ele está se sentindo culpado?"

— Tudo bem, já estou bem.

— Por favor, Luíza, vou ficar melhor se te deixar em casa, afinal, esse galo que vai nascer aí na sua testa é minha culpa.

Sim, ele realmente se sentia culpado.

— Tudo bem. Então eu vou. Mas não se acostuma não, porque da próxima vez que me ferir, você vai acabar sem suas pernas — exagerei.

Arthur riu e provavelmente levou na brincadeira tudo o que eu havia dito. Entramos no carro e seguimos em direção a minha casa.

— Sua testa ainda dói? — Arthur me perguntou quando parou o carro na frente de casa. Fez questão de colocar a mão onde estava roxo.

— Ai... — reclamei. — Dói, sim, e vai doer a sua se fizer isso de novo.

Ele riu.

— Não contei nenhuma piada.

— Mas foi engraçado — ele falou.

— Eu não achei nada engraçado. Se fosse a sua testa, queria ver você rir uma hora dessa...

— Ah, Luíza, não é pra tanto também! Foi só uma bolada. — Ele continuava a zombar de mim. Assim ficava mais difícil aturá-lo.

— É... Uma bolada que me custou alguns neurônios...

— Você me diverte!

— Bom saber... — Fui irônica.

— Qualquer coisa, se precisar ir ao médico, pode me chamar que eu te levo. Afinal, quem te acertou fui eu, não é verdade?

— Pode ficar tranquilo que não vai precisar não... Obrigada pela carona! — disse, já saindo do carro.

— De nada!

Quando fechei a porta, tudo que estava ao meu redor girou! E só senti o chão sumir sob meus pés...

Quando acordei, dei de cara com o Arthur sentado, do meu lado, e a Carol em pé ao lado da cama em que estava deitada, em um hospital.

— O que houve? — perguntei confusa.

— Ah, Bela Adormecida, que belo susto, não? — Carol disse. — Achei que você não acordaria mais...

— Achei que eu tinha te matado — Arthur desabafou.

No início, pensei que era brincadeira, mas não vi esboço de nenhum sorriso em sua face.

— O que aconteceu?

— Você desmaiou. E ficou uma hora e meia dormindo... — explicou Carol.

— O médico disse que não foi nada de mais, apenas reação à bolada que você levou mais o tempo que estava sem comer — Arthur completou.

— Já posso ir embora?

— Ainda não, mocinha, tem que terminar esse frasco de soro aí... — Carol me mostrou o tubo.

— Ainda falta muito... Minha mãe deve estar preocupada!

— Ela já sabe, já esteve aqui. O médico disse que você ia ficar bem — Carol explicou. — Amiga, eu vou ter que ir porque o Pedro está me esperando pra comprar um presente de aniversário pra mãe dele. Acredita? A mãe é dele e eu é que tenho que escolher o presente.

— Tudo bem, obrigada, Carol!

Carol chegou perto de mim e cochichou:

— O seu amigo de detenção aí não quer sair daqui... Então, ele vai te fazer companhia! Coitado, Luíza... Está se sentindo culpado – Carol debochou e saiu se despedindo do Arthur.

Ficamos em silêncio por um momento, até que resolvi falar:

— Arthur, pode ir! Não precisa ficar aqui até isso acabar...

— Não, eu vou ficar! Não tenho nenhum compromisso agora mesmo. E eu disse pra sua mãe que te levaria pra casa.

— Ah, tá! Mesmo não precisando, obrigada, então!

— Luíza, eu queria te perguntar uma coisa.

— Pode perguntar!

— Quem é Lucas?

A pergunta dele penetrou na minha mente, fazendo com que uma torrente de lembranças viesse à tona. Todas as lembranças que tanto preservara enterradas em minha mente haviam voltado. E voltado com tanta força, que fiquei imersa nelas durante alguns minutos... Não conseguia pensar em uma resposta para o Arthur.

— Luíza, você está bem? – Arthur perguntou.

— Por que quer saber quem é Lucas? – repliquei em seguida, sem encará-lo. Minha voz parecia estar presa, sufocada.

— Fiquei curioso porque, quando te tirei do carro pra vir aqui pro hospital, você disse esse nome umas três vezes, e queria sair dos meus braços, aí eu fiquei falando que não era o Lucas, que eu era o Arthur, então você adormeceu de novo. Não é o Lucas da escola, é?

Continuei presa às minhas lembranças... Não conseguia imaginar nem entender o motivo para ter começado esse pesadelo de novo. Deixei que uma lágrima escapasse e o Arthur percebeu.

— Você está chorando? — Ele se levantou e veio em direção a mim. — Luíza, eu falei alguma coisa errada?

— Não, não é você! Eu só não quero falar sobre isso, e não estou chorando! — Virei-me na cama de forma que não precisasse encará-lo.

Arthur sentou-se novamente. E ficamos mais algum tempo em silêncio.

— Alguém mais sabe do que aconteceu? Que eu estou aqui? — perguntei.

— Só eu, a Carol, sua mãe e o Pedro. E acho que aquela sua outra amiga também está sabendo, porque ouvi a Carol falando com ela pelo celular.

— Menos mal! Não quero que a notícia se espalhe.

— Nem eu! Senão vão dizer que estou assassinando meninas indefesas na quadra! — ele foi irônico, e conseguiu arrancar de mim um sorriso.

— Coitada da próxima vítima! Quem você vai levar pro almoxarifado desta vez?

— Ainda não decidi! — Ele riu e se acomodou na cadeira.

Quando, enfim, aquele tormento acabou, Arthur me levou para casa. Ao me despedir, agradeci mais uma vez. Assim que pus os pés dentro de casa, subi para o quarto e tomei uma ducha bem gelada. Os acontecimentos daquele dia não pareciam ter passado de um sonho.

Antes fosse. Que dia longo!

Agora o Arthur desconfiaria de alguma ligação minha com o Lucas. E eu temia que ele descobrisse.

5

Abraços

Era sábado. Enfim, não tinha aula. Pelo menos assim não seria obrigada a enfrentar o Arthur de novo. Minha cabeça ainda doía e o telefone não parava de tocar; várias pessoas ligavam perguntando o que havia acontecido comigo.

Depois do almoço, a Carol e a Júlia tinham ido em casa.

— Então, moça, como você está se sentindo? – perguntou Carol.

— Estou bem, gente, não precisa se preocupar!

— Ah, não foi isso que me pareceu ontem!

— Ah, Carol, eu nem estava tão ruim assim...

— Estava até parecendo conto de fadas: A Bela Adormecida e o príncipe que a salvou com um beijo. – Estavam debochando de mim.

— Ei, espera aí, ele me beijou por acaso?

— Não, ele estava preocupado demais pra pensar nessas coisas – disse Júlia.

— Tinha que ver, Luíza, não saía do seu lado por nada. Ele não saiu de lá nem pra beber água. Todo preocupado... – comentou Carol.

— É claro, né? Ele quase me matou, o que vocês queriam? Que ele achasse legal ficar na cadeia depois da minha morte? – perguntei ironicamente. E elas riram assim mesmo.

— Ah, tenho certeza de que ele não estava lá por remorso ou culpa por ter quase te matado – Carol brincou.

— Não comecem com isso!

Depois que elas foram embora, tentei dormir mais um pouco, mas acho que meu sono da semana inteira havia se esgotado no dia anterior. Já eram dez horas da noite e o telefone não parava de tocar. Minha mãe acabou tirando-o do gancho porque nem ela aguentava mais.

Meu celular tocou, um número estranho. Pensei em não atender, mas poderia ser algo importante.

— Alô!

— Luíza?

— Sim, quem tá falando?

— É o Lucas, eu...

Desliguei o telefone. Não podia ser verdade! Não! Ele não se atreveria.

O celular tocou novamente. Número estranho. Deixei chamar um montão de vezes. Caiu. E ligaram mais três vezes. Na terceira, atendi:

— Pelo amor de Deus, me deixe em paz.

— Luíza?

— Arthur?

— O que houve?

— Não, Arthur, nada, me desculpe! Achei que fosse outra pessoa.

— Ah! Estou tentando falar com você desde cedo. Liguei pra sua casa, mas sempre dá ocupado. Aí a Carol me deu o número desse celular.

"Tinha que ser a Carol", pensei.

— Ah, sim, o telefone aqui não parou de tocar hoje! E só liguei o celular agora à noite. Além disso, minha mãe tirou o telefone do gancho.

— Ah, tá. Como você está se sentindo?

— Com um chifre enorme na cabeça, mas estou bem.

Ele riu.

— Pelo menos seu senso de humor voltou.

— É! Pelo menos isso.

— Ontem... Eu fiquei... — ele gaguejou um pouco, mas acabou terminando a frase. — Eu fiquei preocupado com você! Você me deu um susto e tanto!

— Ah, normal! Eu sempre assusto as pessoas! — Eu sorri, mas ele não podia ver.

— Você não me assusta. Só fiquei preocupado porque achei que tinha te matado!

— Está falando sério?

— Mais sério impossível.

— O que você iria fazer, hein? Imagina só: matou a colega de detenção com uma bolada na cabeça.

— Nem me fale uma coisa dessas! Eu, sinceramente, não sei o que faria.

— Eu sei!

— Sabe?

— Claro!

— O quê?

— Seria preso! E expulso da escola! O capitão do time de basquete expulso da escola por matar uma aluna indefesa!

Ele estava rindo.

— Ah, Luíza, indefesa é uma coisa que eu tenho certeza de que você não é!

— As aparências enganam.

— Por que tá falando isso?

— Nada, nem eu sei o porquê. Era só isso que você queria saber? Vou tentar descansar um pouco...

— Era. Na verdade, eu queria te pedir desculpas... Não me lembro se já pedi.

— Ah, Arthur, para com isso! Claro que eu te desculpo! Estou viva, isso é que importa! — Ri forçado para ele se tranquilizar.

— Então, está bom, melhoras!

— Obrigada!

Desliguei o telefone. Salvei o número dele. Por algum motivo, eu estava confiando no Arthur, e isso não podia acontecer. Não podia mesmo!

Fiquei pensando na ligação do Lucas e mal consegui dormir. Por que ele voltaria para me perturbar agora? Depois desse tempo todo?

Passei o fim de semana inteiro com dor de cabeça por conta do incidente com o Arthur. E também da ligação do Lucas.

Enfim, chegou a segunda-feira.

NA ESCOLA, parecia que havia holofotes em volta de mim. Todo mundo perguntava, todo mundo vinha falar comigo. Assim que cheguei, encontrei o Arthur sentado sozinho em um canto do pátio.

— Acho que virei celebridade por sua causa!

— E acho que vou perder a aposta!

— Que aposta?

— Eu disse que até o final da nossa detenção você não iria me odiar mais, mas quase te matei!

Eu ri.

— Ah, Arthur, nada de consciência pesada agora, hein? Até que foi engraçado! Olha bem, nunca gostei de ninguém em cima de mim, me seguindo, procurando saber onde eu estava, se eu estava bem ou não! E agora a escola inteira está preocupada comigo! Fala sério, isso é cômico pra mim.

— Se você acha, então tá bom.

— Pelo menos não ficou muito roxa. Ficou? Minha testa?

— Mais ou menos, parece que uma galinha chocou um ovo no seu cérebro, mas nada que alguns dias não resolvam.

Dei um soco no ombro dele e sorri. Ele estava parecendo normal para mim e isso não era nada bom!

— Chegamos, amiga, pra te socorrer! O Arthur não tentou mais nada, não é? — Júlia veio falando.

— Não, hoje foi ela quem quase quebrou meu braço com um soco — Arthur brincou.

— Menos mal. Vamos, Lu?

— Vamos! Até mais tarde na detenção!

— Até! — ele respondeu.

Nos afastamos uns dois metros e elas começaram:

— Hum, já estão vindo juntos pra escola! Que lindo! — começou Carol.

— Mais uns dias e já estarão morando na mesma casa! — Júlia brincou também.

— Quem disse que eu vim com ele pra escola? Vocês estão bêbadas?

— O que estavam fazendo tão cedo juntos, então? Antigamente, não suportavam uma hora de detenção — Carol provocou.

— Eu cheguei cedo e o vi sentado sozinho, aí fui falar com ele. Ele ainda está com a consciência pesada, eu acho. Nada de mais. Por favor, não comecem com essa de cupido, porque comigo não rola, vocês sabem disso!

– Ok! Mas conta pra gente, o que aconteceu sábado?

Entramos na sala, e, quando nos certificamos de que não havia ninguém ouvindo, comecei:

– Me ligaram de um número estranho, e eu atendi. Tanta gente me ligou no sábado que nem achei esquisito alguém me ligar às dez horas da noite, mesmo não sabendo quem era! Aí, quando atendi, perguntei quem estava falando, do outro da linha, e o Lucas respondeu que era ele. Desliguei o telefone e fiquei em choque. O celular tocou mais umas três vezes, aí resolvi atender, mas dessa vez era o Arthur. Acho que alguém, não é, Carol, deu meu número pra ele.

– Ah, amiga, ele estava preocupado!

– Hum!

– Mas o Lucas não ligou mais? – perguntou Júlia.

– Não. Estou com medo de ele me procurar aqui na escola! Vocês sabem bem o que eu tô sentindo agora!

– Relaxa, amiga, ele não vai chegar perto de você. Vou falar com o Pedro pra ver se ele anda falando alguma coisa – disse Carol.

– Eu o vi conversando com o Luan no dia que ele voltou aqui pra escola. Vou perguntar depois pra saber se ele disse algo. Mas duvido que ele vá abrir a boca – comentou Júlia.

– É! Eu sei que não vai. Ele é esperto!

A professora entrou na sala com o resto dos alunos. Meu corpo estava ali, mas minha mente estava em outro lugar, um lugar aonde jamais deveria ir.

Cada minuto que passava na escola parecia uma eternidade. Enfim chegou a hora da detenção; esperava que aquela hora passasse mais rápido que as seis horas de aula.

Pelo menos o Lucas não me procurou; na verdade, só o vi na hora do intervalo, e de longe.

Eu, Carol e Júlia esperávamos os meninos chegarem, quando ouvi uma voz atrás de mim:

— Luíza, você está bem?

Os olhos da Carol se arregalaram e a Júlia ergueu as sobrancelhas. Sabia quem era. E não fazia ideia de como reagir. Avistei Arthur e os meninos ao longe. Queria sair correndo, mas como? Fiquei em silêncio por um minuto. Ou mais, nem sei.

Quando vi que o Arthur podia me ver, olhei pra ele fixamente e saí em direção ao laboratório de ciências. Percebi que as meninas ficaram sem reação e que Arthur vinha atrás de mim. Notei que elas falavam algo com Lucas. Depois virei o corredor, entrei na sala e fechei a porta. As lágrimas não paravam de descer; o Arthur não poderia me ver daquele jeito. O que diria pra ele?

— Abre a porta, Luíza, a gente precisa fazer isso juntos!

— Não posso! Não agora!

— Luíza, por favor.

— Não, Arthur, agora não!

— O que você quer? Que eu fique aqui esperando você abrir a porta igual um idiota, sendo que era pra eu estar aí dentro com você? Luíza, eu posso te ajudar! Deixa eu te ajudar!

— Você não sabe, você não pode!

— Por favor, abre a porta!

Pensei por alguns segundos. De que adiantaria ficar ali? Precisava me reerguer, já haviam se passado anos; não era para reagir daquela forma. Abri a porta e fiquei de costas. Ouvi que Arthur entrou e fechou a porta.

— Luíza!

Me virei. Ele não falou nada. Veio em minha direção e me abraçou... me abraçou... me abraçou!

Há quanto tempo não acontecia algo assim? Há quantos anos?

Perdi o chão; não conseguia conter minhas lágrimas. Chorava de dor, de raiva, de ódio, de nojo. Agarrei-me a Arthur e não quis mais me desvencilhar. Me senti segura. Algo que não ocorria há muito tempo.

Exatamente vinte minutos depois, já estava mais calma. E foi aí que Arthur me soltou. Eu estava vermelha de tanto chorar e também de vergonha. Que vexame fui dar na frente dele. O que será que as meninas falaram para o Lucas? Havia deixado isso por conta delas, mas não deveria, pois elas não tinham nada a ver com o que aconteceu.

— Luíza, olha pra mim!

Olhei.

— Eu vou te ajudar, está bem?

Fiz que sim com a cabeça e fui lavar meu rosto.

Arrumamos o laboratório em silêncio. Em momento algum, ele me perguntou qualquer coisa sobre o motivo de eu estar daquele jeito. Quando acabamos, vi uma mensagem no celular enviada pela Carol; ela avisava que já tinham ido embora e que era para eu ficar tranquila que haviam resolvido tudo com o Lucas. E, no final, dizia que eu estaria bem acompanhada até chegar em casa.

— Vou te deixar em casa, vamos?

Parecia que ele tinha lido a mensagem também. Ou talvez Carol tivesse enviado para ele.

— Obrigada.

Saímos dali e fomos para o carro. Ele colocou uma música para tocar, então me senti confortável por não ter que puxar assunto. Ele também.

Já de frente para o portão da minha casa, ele desligou o som.

— Luíza, posso te pedir dois favores?

— Se não for me causar mais um ovo no cérebro – tentei fazer uma piada.

Ele deu um sorrisinho torto.

— Não, sem ovos.

— Então, pode falar.

— Qualquer hora, se você precisar de qualquer coisa, me liga?

— Não vai ser necessário, mas pode deixar. Obrigada mesmo assim!

— Quando você se sentir à vontade pra falar sobre o assunto, me procura. Eu vou te ajudar!

— Tá bem. Obrigada novamente. Por tudo.

— De nada.

Saí do carro e fui para casa. Meus olhos estavam doendo; fazia tempo que não chorava naquela proporção. Esperava com todas as minhas forças que o Arthur não contasse nada a ninguém.

Fiquei o resto do dia em casa, até que de noite a Júlia e a Carol apareceram por lá.

— Pode começar logo a contar tudo, porque eu sei que você tem coisas pra contar! – Júlia já entrou falando.

— Psiiiu! – Fiz sinal com a boca. – Vamos pro meu quarto, por favor.

Minha mãe estava na cozinha e não seria legal se ela ouvisse aquilo tudo, não por enquanto.

Subimos para o meu quarto e tranquei a porta. Elas já estavam rindo antes de eu começar a falar; não sei por que, mas, mesmo em situações estressantes como aquela, elas sempre estavam felizes.

— Primeiro, vocês vão me contar o que falaram com o Lucas depois que eu saí – pedi.

— Na verdade, foi o Pedro que falou — começou Júlia.

— O que ele disse? Anda, desembucha, gente!

— Ele segurou na camisa do Lucas e perguntou o que ele estava fazendo ali, o que ele foi fazer na escola de novo — explicou Carol —, aí o Lucas disse que só queria saber como você estava porque tinha visto você com o "capitão do time" na quadra naquele dia e pensou que ele poderia ter feito algo de propósito.

— Você não nos contou que o Lucas te viu com o Arthur! — interrompeu Júlia.

— Eu esqueci! Não foi nada de importante. Na hora que o Arthur me deu a bolada, eu caí... por cima dele. Ele amorteceu a queda. Aí começou a rir e eu fiquei meio zonza, então apoiei a minha cabeça no peito dele, mas não me levem a mal nem comecem a rir... — Já observava o sorriso no rosto delas. — Foi aí que o Lucas abriu o portão da quadra. Deve ter ouvido o barulho.

— Estou pasma! — falou Carol.

— Já estão assim? — completou Júlia.

— Disse pra vocês pararem! Eu estava tonta.

— Muito mesmo, pelo visto! — Carol riu.

— Mas, andem, não mudem de assunto! Continuem!

— Então, Pedro perguntou quem era ele pra "fingir se preocupar" com a sua segurança depois de tudo o que ele fez. Ele ficou sem graça porque estava todo mundo perto e você conhece o Pedro: quando ele fica nervoso, deixa de ser uma pessoa educada. Pedro falou que o Arthur jamais faria algo assim de propósito com você e tal. Aí o Lucas pediu licença e saiu.

— Desgraçado! — resmunguei.

— Muito! Sinceramente, ainda não entendi qual é a dele. Tá querendo voltar como o mocinho agora? — disse Júlia.

— É o que parece! Mas, anda, Lu, conta pra gente: o que aconteceu naquela sala? Vocês caíram de novo? – zombou Carol.

— Ah, nem comecem, vocês duas! Não aconteceu nada de mais. Eu estava muito nervosa e o Arthur ficou pedindo pra abrir a porta. Aí eu abri e...

— E o quê? – elas insistiram.

— Anda, Luíza, fala logo!

— E o Arthur me...

— Te beijou? – perguntou Carol.

— AI, MEU DEUS! – Júlia batia as mãos.

— Não, CLARO QUE NÃO! Estão ficando malucas?

— Então termina logo de falar!

— Ele me abraçou... Ficamos abraçados por uns vinte minutos... Eu só sabia chorar! Fazia tempo que eu não chorava daquela forma, desde aquele... aquele dia!

Carol e Júlia ficaram paradas feito múmias, olhando para mim.

— O que foi? Vocês me mandaram falar!

— Que lindo, Luíza! – Carol exclamou.

— Para tudo! Esse garoto é o príncipe encantado perdido no mundo real?

— Vocês vão começar? Se eu soubesse, nem teria contado – falei.

— Ele foi muito... – Carol não terminou a frase.

— Fofo com você – Júlia concluiu.

— Eu sei, eu sei. Eu já agradeci! E pronto. História encerrada!

— Agradeceu? Como? *Obrigada, Arthur, por me abraçar e por me acolher nesses seus lindos e fortes braços de jogador...?* – brincou Júlia.

— Para, gente! É sério!

— Seriíssimo! Luíza, o Arthur deve estar gostando de você – falou Carol.

— O quê? — Comecei a rir descontroladamente, acho que mais de nervoso do que por achar graça. — Gostando? Gente, pelo amor de Deus, eu conheço o Arthur há uma semana, e vocês se lembram de que eu o odeio?

— Odiava! — Carol quis me corrigir. — Até ele ser o garoto mais fofo e simpático que apareceu na sua vida!

— Não me venha com essa, Carol, eles são todos iguais. E você sabe disso.

— Luíza! Olha pra mim, esquece o Lucas. Esquece o que aconteceu! Tá bem? Você não pode viver achando que tudo o que o Lucas fez com você vai acontecer de novo! Isso não é assim! — falou Carol.

— Por favor, eu não quero falar sobre isso!

— Tudo bem, vamos mudar de assunto? — Júlia propôs.

— Isso! — falei aliviada. — Até que enfim alguém teve uma boa ideia!

— Vão começar os ensaios pro festival de verão na escola. Vocês vão participar? — perguntou Júlia, mudando mesmo de assunto.

— Eu não! — falei.

— Eu vou... Vou dançar! Com o Pedro! — Carol sorriu; ela realmente o amava. — E você?

— Eu ainda não sei o que vou fazer. Vocês vão dançar o quê? — perguntou Júlia.

— Tango!

— E vocês sabem dançar tango? — perguntei. Até eu queria ver isso.

— Não, mas vamos aprender. Vamos fazer aula depois da escola, com os professores de dança lá do colégio — explicou Carol.

— Essa eu quero ver! — falei rindo.

— Vocês vão ver! Vamos arrebentar! — Carol sorriu.

Ela estava feliz. Isso é o que importava.

– Por que você não toca, Lu? – Júlia sugeriu.

– Não, vocês sabem que eu não gosto dessas coisas.

– Ah, uma vez só! O que custa?

– Nem adianta, meninas, vocês sabem que eu não vou!

Desde o que aconteceu com o Lucas, eu nunca mais toquei, exceto aquela vez que o Arthur me viu. E, com toda certeza do mundo, jamais voltaria a tocar como antes. Não me sentia feliz, motivada para tocar.

6

No meio do caminho havia uma pedra

※※※❤※※※

Passou-se uma semana.

O Lucas não havia me procurado mais. O ovo no meu cérebro já tinha sumido. E os ensaios para o festival de verão haviam se iniciado.

O dia começou bem. Em plena terça-feira chuvosa, perdi o ônibus da escola e tive que ir a pé. No caminho, minha mente já estava na lua, nem olhava por onde ia. Até que tropecei numa pedra e meu pé esquerdo foi parar direto em uma poça de água. Senti o osso estalar. Tinha torcido o tornozelo. Sentei no chão, tirei o casaquinho, amarrando-o no tornozelo para ver se parava de doer, porque ainda faltava um bom pedaço para eu chegar à escola e tinha teste naquele dia. Não podia faltar...

No meio do caminho havia uma pedra... Eu, sentada no chão, na chuva, no meio do caminho.

Até que observei um carro parando do meu lado. E não era o de Arthur. Então, só podia ser... Continuei com a cabeça baixa. Meu coração acelerou e eu não conseguia pensar mais nem na dor que o tornozelo me causava.

Ouvi a porta do carro abrir. Pronto! Já me preparava para começar a xingar, quando vi que não era quem eu esperava...

– Arthur!

– O que aconteceu, Luíza?

Ele veio em minha direção. Estendi meu braço achando que ele me ajudaria a levantar, porém, para minha surpresa, ele me pegou no colo e me carregou até o carro!

– Que carro é esse?

– Do meu pai, ele tá de folga hoje e me emprestou.

– Ah, sim!

– O que houve aí no seu pé?

– Acho que torci o tornozelo...

– Vou te levar ao hospital!

– Não, Arthur, me leva pra escola, tenho um teste!

– E vai conseguir fazer uma prova sentindo dor? Não tem problema chegar um pouco atrasada, não!

Fiquei quieta e acabei por concordar que ele me levasse para o hospital, afinal, ele tinha razão!

Eu me lembrava da última vez que estivera no hospital – fora a ocasião do ovo na cabeça, claro! Um braço torcido, um pé quebrado, duas costelas fraturadas. Tiveram que colocar um dreno na minha coxa para retirar o sangue que havia coagulado, fora os ferimentos mais leves.

Não gosto nem de lembrar. Um mês naquele hospital. Ou mais. Arthur me levou no colo novamente. Estava morrendo de vergonha, mas deixei. Estava doendo muito para ficar com frescura.

Chegamos, o médico logo me examinou, tirou um raio X e logo mandou colocar gesso. Era só o que me faltava! Passar a semana com aquele negócio que ia do meu pé até a metade da perna. Ia ser muito divertido! Coisas ruins só aconteciam comigo.

Voltei caminhando com muita dificuldade para o carro; já estava quase na hora do intervalo. Chegamos à escola e fomos direto para a secretaria pedir que me deixassem fazer o teste naquele momento, por causa do que havia acontecido. Apesar de eu e o Arthur não estarmos com a nossa reputação muito boa na secretaria por conta do incidente no almoxarifado, liberaram a entrada para as nossas salas.

— Nossa, Arthur, nem tenho como te agradecer!

— E precisa?

— Claro que precisa! Só não sei como!

— Pode deixar que eu penso numa forma de agradecimento e te falo! — Ele piscou o olho e saiu.

É claro que ele não tinha pensado no que eu pensei! Fato! Deixa pra lá. Bati na porta, pedi licença e entrei na sala. É óbvio que todo mundo olhou na minha direção... Respirei fundo e sentei no lugar de sempre.

— O que foi que aconteceu? — perguntou Carol.

— Na hora do intervalo eu conto.

Logo, bateu o sinal e todos saíram da sala, para minha infelicidade! Com toda a certeza elas iriam me perturbar por causa do Arthur. Já estava até me acostumando... Fomos andando para o pátio da escola enquanto as duas me interrogavam.

— O que houve? — Júlia perguntava sem parar.

— Eu perdi o ônibus e vim andando...

— Na chuva? — Carol estranhou.

— É! Mas tropecei e caí! Explicado o pé engessado?

— Sim, mas como você chegou ao hospital? Você podia ter me ligado, Lu! Eu pedia pro Pedro ir te buscar... — disse Carol na maior inocência e toda preocupada.

— Não precisou, amiga, o Arthur estava passando na hora que eu caí.

— O quê? — Carol perguntou, elevando a voz.

As duas começaram a rir. Sabia que isso ia acontecer.

— Para tudo! Luíza Bedim, conte os detalhes a partir daí... Agora! *NOW!* — disse Júlia, tentando conter a curiosidade, ou não. Na verdade, não estava tentando muito, não!

Nesse momento, já estávamos no pátio da escola e sentamos em umas cadeiras perto da biblioteca.

— Ah, gente, por favor... Vocês não vão começar de novo, não é?

— O quê? Começar? O capitão "odiado" por você salva sua vida e a gente não vai querer saber os detalhes? — Júlia não parava de rir.

— Salva minha vida? — comecei a rir. — Vocês são muito exageradas mesmo. Ninguém salvou minha vida.

— Só salvei o pé e o tornozelo! — Arthur chegou por trás da gente, sem que ninguém percebesse.

— Arthur? — Olhei assustada.

— Estavam falando de mim?

— Essas exageradas...

— Exageradas não, amiga, só ficamos preocupadas, não é, Ju? — disse Carol.

— É! Preocupadíssimas! O celular dela estava desligado...

— E essa mal-agradecida nem pra contar o que foi que aconteceu de verdade — disse Carol.

— Já contei tudo o que aconteceu! Tropecei, caí, me machuquei e encontrei o Arthur vindo pra escola, fomos ao hospital e pronto. Estou aqui.

— Na verdade, fui eu quem a encontrei, meninas! — disse Arthur com um sorriso travesso no canto da boca.

— O que houve aí, Luíza? — Pedro chegou perguntando.

— Calma, amor, o Arthur vai nos contar, porque a Lu não quer falar a verdade — explicou Carol, revirando os olhos para mim e rindo.

Logo o Luan chegou também por trás da Júlia e pronto: estavam todos lá querendo saber da minha vida!

— Nossa! Que coisa boa pra mim, não acha?

— Tenho que pedir permissão pra contar, Luíza? — disse o cínico do Arthur.

— Vá em frente! Não altere a verdade, jogadorzinho! — falei com ironia.

A essa altura, todos já gargalhavam.

— Encontrei a Luíza lá, caída no chão, com um casaquinho amarrado no tornozelo e tentando levantar pra vir pra escola. Desci do carro, peguei-a no colo e...

— Você precisa mesmo contar tudo? Todos os detalhes, pra parecer o capitão gostosão do pedaço? — bufei.

— Para de implicância, Luíza, deixa ele contar — pediu Júlia.

— Enfim, levei-a até o carro e fomos pro hospital. Lá, eles a medicaram e eu a trouxe pra cá depois. E, é claro, se não fosse por mim, também não a teriam deixado entrar a essa hora na escola.

— Por quê? Seu nome é mais sujo que o meu lá dentro, gatinho? — perguntei.

— É brincadeira, "gatinha", calma! — Arthur sorriu.

— Se fosse a Luíza contando, ela iria dizer que foi andando até o carro, até o hospital, até a escola etc. — afirmou Carol.

— É claro! Não preciso ficar exaltando ninguém aqui por ter me pego no colo e me levado!

Todo mundo começou a rir. Só eu que não estava achando graça! Mas tudo bem.

– Até porque isso não é tão difícil, não é? – Arthur me pegou novamente no colo e eu soquei o braço dele até me soltar.

Todos continuavam rindo.

– A única coisa que me deixa feliz é que ele vai ter que arrumar o auditório hoje praticamente sozinho! Porque eu estou impossibilitada.

– Ainda bem que é o auditório hoje! Que não precisa varrer muito, é só limpar com um paninho, e as mãos você não engessou, não é? – comentou Arthur.

– Ih, o negócio tá esquentando por aqui! – disse Luan.

– Mudando de assunto, é hoje que vocês começam a dançar tango? – Júlia perguntou a Carol e Pedro.

– É hoje! Depois do intervalo! – disse Carol, empolgada.

– Preciso mesmo fazer isso, amor? – perguntou Pedro.

– É claro, Pedro. Já conversamos sobre isso!

– Tudo bem, então!

– Vocês vão dançar tango no festival? – perguntou Arthur.

– Vamos! – respondeu Pedro.

– Nossa! Que legal! – comentou Arthur.

– Incrível! Não vou perder isso por nada! – disse Luan.

7

Pássaro com asa quebrada

Eu sabia que os ensaios para o festival estavam acontecendo no auditório, mas eles estavam ensaiando depois do intervalo para não atrapalhar os alunos que trabalhavam fora ou os professores que dariam aulas à tarde. Portanto, na hora em que eu e Arthur saíssemos da sala para limpar o auditório, os ensaios já teriam acabado. Aliás, esperava que acontecesse dessa forma! Não queria chegar tarde em casa.

Quando tocou o sinal, fui em direção ao pátio para ver se encontrava o Arthur, mas não o vi. Então resolvi esperar no auditório mesmo. Ao abrir um pouco a porta, pude ver a Carol e o Pedro ensaiando tango! Parecia engraçado, porém, mesmo assim, o amor que um sentia pelo outro era refletido na dança, fazendo qualquer tipo de graça cair por terra. Passei a prestar atenção na música. Já havia tocado essa melodia certa vez. Não para alguém dançar, é claro...

Voltar a tocar era meu sonho. Mas eu me sentia sufocada demais para colocar as mãos em um piano, e, principalmente, em público. Certa vez, ouvi a seguinte frase: "nunca deixe seus sonhos morrerem, porque a vida sem sonhos é como um pássaro com asa quebrada". Era exatamente assim que eu me sentia. Um pássaro com asa quebrada!

E acho que essa asa jamais terá conserto. E eu estava ali, parada, na porta do auditório, perdida em meu sonho morto e com minha asa quebrada.

– Alguém aí quer aprender a dançar tango também? – Arthur chegou perguntando.

– Por que você sempre chega de fininho e me assusta?

– Porque você não vive nesse mundo, por isso te assusto!

– Agora eu estava longe mesmo. E não tem nada a ver com o tango!

– Se quiser, eu te ensino. Sou profissional. – Ele sorriu.

– O quê? – comecei a rir. – Para, Arthur! Quem olha assim até pensa... Até parece que você, um jogador de basquete, bruto, nada romântico, frio, saberia dançar tango. Uma das danças que mais exalam romantismo e sensualidade... Não acredito nisso!

– Ih, você não me conhece mesmo, hein, Luíza?

– E nem quero conhecer... Poupe-me, por favor!

A aula de tango acabou. Vi Carol e Pedro saindo pelos fundos, junto com os professores...

– Vamos limpar isso logo? – perguntei.

Fomos entrando no auditório.

– Só depois que você deixar eu te mostrar o quanto sei dançar!

– Ah, Arthur! Para, por favor! Eu vou morrer de tanto rir se você continuar assim...

– Fica rindo mesmo... Vem dançar comigo?

– O quê? Como? Não, tá maluco? Meu pé está engessado, graças ao bom Deus, que me livrou de dançar com você agora.

— Ah, engraçadinha! Vem, eu te seguro! — ele disse, me puxando e colocando a música para tocar no aparelho.

— Para, Arthur, por favor! Não vou dançar com você, ainda mais com meu pé machucado.

Ele me segurou e eu comecei a rir.

— Para de rir, Luíza, tem que olhar sério! Tango é uma dança séria!

— Não com você sendo meu par... — Continuei a rir, não conseguia me controlar.

— Anda, Luíza, me acompanhe!

Ele começou fazendo uns passos esquisitos de tango e eu só ria. Até que ele mesmo tropeçou no meu gesso e eu caí sentada para um lado e ele para o outro. Eu continuava a rir.

— Bom, vou admitir pra você: não sei mesmo dançar tango! Só queria...

— Fazer o papel de galã! O capitão perfeito do time de basquete! Tão perfeito que pisou no meu gesso!

— Ah, não começa, você também é uma péssima parceira de dança. Nem soube me acompanhar!

— Graças a Deus!

— Vamos arrumar logo isso, pé quebrado! Toma, pega esse pano aí e começa aqui em cima que eu vou ali pra baixo... — disse Arthur, entregando-me um pano azul.

O Arthur estava com o humor bom demais. Sempre fazendo piadinhas e sorrindo. Não sabia por quê! Mas até que ele me animou. Arrumamos o auditório e lá fui eu mancando em direção ao portão da escola. Poderia ir andando sem problema algum, meu pé estava totalmente imobilizado mesmo. Só iria demorar uns minutos a mais. E não queria ficar andando para cima e para baixo com o Arthur de carro, afinal, eu não era nada dele.

— Anda, Luíza, entra aí — ele disse, abrindo a porta do carro pra mim.

— Eu vou andando, Arthur, não precisa se incomodar. — Continuei andando em direção ao portão.

— Incomodar? Luíza, para de ser clichê. Anda, entra logo no carro!

Acabei entrando porque já tinha gente demais assistindo ao show de "o mestre mandou" do Arthur.

— Que foi? Agora vai virar meu chofer? — perguntei.

— Pode ser, a não ser que você me ache bonito demais pra ser só isso! — ele disse rindo.

Fiquei meio paralisada. O que ele queria dizer exatamente com aquilo?

— Estou brincando, Luíza, relaxa! — ele completou.

— Você está muito bem-humorado hoje!

— É! Mas pode dizer: eu não sou tão feio, sou?

— Feio? Não, eu não te acho feio, Arthur!

— Está vendo?

— Só acho você desprovido de características fenotípicas bem-sucedidas.

Arthur começou a rir, mas não retrucou à minha ironia.

— Também estava brincando, senhor capitão bem-humorado! — eu disse, achando que talvez ele tivesse ficado chateado.

— Eu sei que estava!

— Convencido!

Ele sorriu de novo.

O tempo ia passando e cada vez eu ficava mais próxima do Arthur. Não queria admitir, mas era a verdade. Não podia definir os sentimentos perdidos que estavam vagando em meu interior. Estava tudo confuso demais. A chegada do Arthur, a volta do Lucas. Eu descartaria qualquer hipótese de aproximação com o Arthur, não fosse aquela detenção.

Mas agora já estava feito. Não havia como retroceder. E o Lucas? O que ele fora fazer de novo ali? Já não bastavam o sofrimento e o caos que ele me causara da última vez?

De manhã, na escola, a primeira pessoa que vi foi o Lucas. Segui direto para a sala, havia chegado cedo demais e as meninas ainda não estavam ali. Ele veio atrás de mim.

– Luíza, eu... – Ele entrou e fechou a porta da sala.

– Saia! Por favor!

– Me deixa falar?

– O que você quer aqui? Por que está atrás de mim?

– Não estou atrás de você, só quero conversar, e você não deixa.

– É óbvio! Eu quero distância de você! Por favor, me dá licença e não me procure mais, tá bom?

– Luíza, eu preciso falar com você.

– Falar o quê? Depois de tudo o que aconteceu você ainda acha que quero falar com você?

– Eu quero te pedir desculpas.

Não consegui me controlar. Comecei a rir.

– Desculpas? Você tem noção do quanto tornou minha vida uma desgraça? Você tem noção da cicatriz que me causou, literalmente? Faz ideia da proporção do dano que causou?

– Eu me arrependi. Não sei onde estava com a cabeça. Eu...

– Eu sei onde você estava. Você é maluco! Psicopata! E eu fui burra e ingênua o suficiente pra amar você – já chorava de novo – e não te denunciar, Lucas, pelo que fez comigo.

Dois alunos entraram conversando na sala. Eu me sentei. Ele continuou parado olhando para mim... Tentando me controlar, me estabilizar. Já estava chorando e tremendo de novo.

A Carol e a Júlia chegaram.

— Luíza? — disse Júlia, correndo até onde eu estava.

— Pode sair daqui, por favor? Ou vou ter que chamar alguém pra te tirar à força? — falou Carol para Lucas.

Ele se retirou sem dizer mais nada.

— O que aquele traste estava fazendo aqui? — perguntou Carol, inconformada.

— Sabia que isso ia acontecer uma hora ou outra. Não tinha como fugir por muito tempo. Cheguei cedo e ele veio atrás de mim.

— O que ele queria? — Júlia perguntou aflita.

— Me pedir desculpas.

— Cínico! — bufou Carol.

— Desgraçado! — Júlia resmungou.

— Vou falar com o Pedro e ele vai dar um jeito nisso, amiga, relaxa!

— Não, Carol, não quero arrumar mais problemas! Não quero!

— Problemas, Lu? O que ele fez com a sua vida é que é um problema! Não acha?

— Acho, sim, mas não quero meter mais ninguém nisso!

— Você é quem sabe; eu acho que os meninos tinham que dar uma lição nele. O que já era pra ter acontecido muito tempo atrás.

— Não adianta nada fazer justiça com as próprias mãos, amiga, eu sei que não vale a pena!

— Tudo bem, amiga, vamos deixar pra lá, então!

— Mas você já está melhor, Lu? — perguntou Júlia.

— Sim, foi só nervosismo... Fiquei com medo. Mas já passou!

Havia acontecido coisa demais naquela noite, que nem a Carol nem a Júlia desconfiavam. Ninguém sabia, na verdade. Só eu e Deus.

8

Fogo e gelo

Naquele mesmo dia, à tarde, resolvi ir ao clube com as meninas. Elas viviam me chamando e eu sempre recusava. Apesar de não poder tomar banho na piscina por causa do gesso, o sol em si já me faria bem. Sabia que o time de basquete estava na quadra naquele dia, mas nem fiz questão. Já estava cansada demais para ficar me importando com o Arthur também.

Estávamos sentadas tomando sol, quando o Pedro chamou a Carol:

— Amor, vem aqui, por favor!

— Já volto, meninas!

Ela se retirou e ficamos, eu e Júlia, conversando sobre o festival de verão da escola. Uns dez minutos depois Carol voltou com um sorriso anormal na boca; sabia que não devia ser coisa boa.

— Luíza, precisamos conversar! Urgentíssimo! – disse Carol, sorrindo.

— Lá vem você!

— Preciso sair? – perguntou Júlia.

— Claro que não, amiga! É bom que você me ajude a convencer a Luíza.

— Se for sobre tocar no festival, já sabem minha resposta: não vou mudar de opinião! – fui logo falando.

— Não, não, nada de festival. É outra coisa!

— Que outra coisa?

— Promete ouvir até o final?

— Tá bem, fala logo.

— Então, o Pedro veio falar comigo... O Arthur não para de falar de você um só minuto. Até nos treinos, todo assunto que ele fala tem seu nome.

— Sabia que não era coisa boa! – eu disse.

— Me deixa terminar, Luíza! Então, a gente estava pensando, assim, se você não quer dar uma chance pra ele... Ele não pediu pro Pedro vir falar comigo nem nada, nem com você. Ele nem sabe que eu sei disso. É que a gente acha que, se você começasse a olhar pra ele de outra forma, talvez conseguisse dar uma chance pra ele. Entende?

— Entendo perfeitamente!

— E então? – elas disseram juntas, feito coral.

— É claro... que não! Estão ficando malucas?

— Por quê? – perguntou Carol, desapontada.

— Ele é tão legal com você, Lu! – acrescentou Júlia.

— Gente, vocês sabem que eu não quero nada com ninguém por um bom tempo. Muito menos com outro jogador de basquete. Capitão ainda por cima! Nada disso!

— Luíza, faz anos que aconteceu aquilo com o Lucas. Você precisa parar de ter medo de tudo. Não vai acontecer de novo... Relaxa! – aconselhou Carol.

— Quem garante?

— Olha só, o Arthur é bem diferente do Lucas. Totalmente! Você passa mais tempo com ele do que com a gente, você mesma sabe que isso é verdade, melhor que nós duas juntas e todo o time de basquete. Não custa nada você abrir seu coração de novo e... se dar uma chance! Se tiver que acontecer, vai acontecer!

— Só ri de uma cicatriz quem nunca foi ferido. — Na mesma hora, eu me lembrei da frase de Willian Shakespeare. — Vocês não sabem o que eu sinto! Eu acho que nunca mais vou conseguir amar outra pessoa. Perdi a confiança nas pessoas. Quando aquilo aconteceu, foi como se algo esmagasse meu coração, e, desde então, parece que vivo sem ele. Vocês não sabem o quanto eu me sentiria vulnerável deixando "meu coração aberto" pra algo novo.

— Amiga, as pessoas erram, são imperfeitas. E são diferentes! Você não pode achar que todos serão iguais ao Lucas... Isso é loucura. Ninguém pode ser feliz sozinho — disse Júlia.

— Eu sei. Mas ainda assim acho que não está na hora! E o Arthur... Sei lá! Acho que não!

— Bom, eu acho que você deveria pensar com cuidado na proposta! — Carol sorriu e esperou a minha resposta.

— Pode deixar que eu vou pensar com cuidado! Aliás, com bastante cuidado, sim, porque tenho que levar em conta o fato de o Arthur causar algum ferimento em mim quase a todo momento. Toda vez que me machuco ele está presente... É meio perigoso ficar perto dele — falei.

— Ou não. Às vezes, ele é seu anjo da guarda! — sugeriu Júlia.

— Ela está brincando, não é? — perguntei para a Carol.

Elas riram e mudamos de assunto.

Minutos depois, as duas resolveram entrar na água e eu fiquei tomando sol. Pedro e Luan se aproximaram de mim. Sabia que iam voltar ao assunto.

— A Carol falou com você, Lu? — perguntou Pedro.

— Falou... Mas já disse pra elas pararem com a palhaçada porque essas coisas que estão falando não têm nada a ver!

— Ah, Luíza, ele tá caidinho por você — brincou Luan.

— Caidinho? — Eu já estava rindo. — Para gente, não vamos exagerar! Nós mal nos conhecemos... Vocês adoram uma história, não é?

— Vamos mudar de assunto que ele está vindo... — lembrou Luan.

— Oi, pé quebrado!

— Oi, capitão Arthur!

— Atrapalho a conversa de vocês?

— Claro que não, Arthur, eu e o Luan estávamos aqui — olhei sério para o Pedro, achando que ele fosse falar demais — perturbando a Lu por causa do pé machucado dela. Mas a Carol já me chamou pra dar uma olhada... E você sabe, né, é ela mandar que eu obedeço. Tchau pra vocês! — disse Pedro em direção à piscina.

— Eu também vou lá ficar com a Júlia! — saiu Luan.

— Posso sentar aqui? — Arthur perguntou, apontando para a cadeira ao meu lado.

— Pode, ué!

— Coitada de você, sentada aí e vendo todo mundo na piscina, nesse calor! E não pode entrar!

— Nem ligo! Estou acostumada a ver minhas amigas fazendo muitas coisas que eu também não posso! — Sorri.

— É? Eu também! — Ele sorriu para mim. — Mas posso te ajudar! Quer?

— Me ajudar?

— É! — Ele pegou uma garrafa de água vazia que estava na mesa, encheu na beira da piscina e jogou por cima dos meus ombros. — Melhorou?

— Tá gelada! Ai! — resmunguei. — Tá bem! Chega! Muito obrigada por me congelar!

— *Algumas pessoas dizem que o mundo acabará em fogo. Outros dizem que ele acabará em gelo. Pelo que provei do desejo, fico com quem prefere fogo. Mas, se tivesse que perecer duas vezes, acho que conheço o bastante do ódio para saber que a ruína pelo gelo também seria ótima. E bastaria...* — declamou Arthur.

Meus olhos ficaram fixados nos dele. Eu jamais esperava ouvir algo assim de um capitão de time de basquete. Jamais!

— Robert Frost! — afirmei.

Eu conhecia aquele texto.

— Sim, você já leu?

— Muitas vezes! Amo esse trecho que você citou!

— Eu também gosto.

Fiquei sem reação depois disso. Não conseguia pensar em nada para falar. Absolutamente nada.

— Vou entrar na água um pouco, quer que eu te congele mais? — Arthur perguntou, quebrando o silêncio.

— *Pelo que provei do desejo, fico com quem prefere fogo...* — declamei sorrindo.

Ele sorriu e pulou dentro d'água.

Eu me divertia com ele. E agora, mais do que nunca, sentia que ele era diferente. De verdade! Mas não podia me convencer disso, não naquele momento. Dali em diante, passei a olhar para Arthur de um jeito diferente. Mas não era nada de mais. Meu coração ainda estava muito ferido para cair no papo de outra pessoa.

Os DIAS PASSAVAM, as horas de detenção também... Na quarta-feira pela manhã, fui tirar o gesso. Cheguei tarde à escola, mas me deixaram entrar quando apresentei o atestado médico.

Fui para a sala, acenei para as meninas e me sentei. A aula passou rápido, e logo veio o intervalo. Quando saímos da sala, elas quiseram saber o motivo de eu ter chegado tarde, achando que ouviriam alguma novidade sobre Arthur. Mas já fui "tirando o cavalinho delas da chuva".

Todos nós estávamos sentados nos bancos do pátio, as três e o time de basquete praticamente inteiro. No final das contas, eu já tinha me acostumado com a presença do Arthur. Mas, para minha infelicidade, quem também estava lá era o Lucas, conversando com alguns garotos no canto do pátio. Garotos que eu mal conhecia.

Era para ele estar ali, no lugar do Arthur. Tinha medo de que isso o revoltasse, e confesso que também tinha medo de que ele se revoltasse contra Arthur, e só Deus sabe do que Lucas seria capaz. Ele próprio havia jogado fora tudo o que tinha. O que poderíamos fazer?

O sinal tocou e logo voltamos para a sala. Carol e Júlia sentaram do meu lado e então começaram os comentários:

— Ah, Lu, você viu como o Arthur estava hoje? – começou Carol.

— Igual a todos os dias? Vi.

— Ah, para, Luíza, ele estava muito lindo hoje! Na verdade, mais lindo do que ele já é. Hoje não estava suado; usava calça jeans, blusinha de frio. Todo cheiroso... – disse Júlia.

— Nossa! Você está reparando muito, não acha? Deixa só o Luan ouvir isso!

— Ah, Luíza, nem começa. A gente só está tentando abrir seus olhos – Carol defendeu.

– Eles já estão abertos! Já falei com vocês que o Arthur e eu não temos nada a ver um com o outro!

– Por que você acha isso? – perguntou Júlia.

– Porque, como vocês mesmas dizem, eu o conheço mais que vocês, e sei que não servimos um pro outro.

– Por que vocês não conversam? – Carol insistia.

– Mais?

– Não sobre basquete, piano, livros e detenção.

– A gente não fala só sobre isso!

– Sobre o que mais, então? – perguntou Júlia.

– Ah, gente...

– Luíza, é sério! Você precisa disso! Dê uma chance pra ele...

– Ei, vocês, a conversa está boa? – perguntou o professor com cara feia para nós.

– Perdão, professor! – falamos.

Ainda bem que a conversa tinha sido interrompida. Não aguentava mais... Minhas amigas haviam passado o dia inteiro falando dele, tentando me convencer.

Coitadas!

Depois da aula, eu e o Arthur fomos para a quadra.

– Tenho pânico desse lugar – falei.

– Calma, já te disse que não vou mais jogar basquete com você. Até porque você é uma péssima jogadora.

– O quê? Não sou nada! Sou melhor do que você dançando tango. Pode apostar!

Ambos rimos e começamos o serviço.

A Carol tinha razão. Nossos únicos assuntos eram basquete, piano, livros e detenção. Mas sobre o que mais eu falaria com o Arthur? Na verdade, lembro-me de que, no início dessa história de detenção, havia jurado que não falaria com ele. Só o essencial. Ainda não havíamos nos tornado AMIGOS, mas agora, querendo ou não, estávamos próximos demais.

De vez em quando, ele me contava algum fato da vida dele, às vezes, até eu contava da minha. Mas era raro sairmos dos assuntos de costume. Eu estava tão entretida com meus pensamentos que nem notei que Arthur havia parado e se sentado no meio da quadra. E, sim, realmente, ele estava muito bonito naquele dia.

– Que foi? – perguntei.

– Nada, vem cá!

Fui e me sentei ao lado dele.

– Estava aqui pensando... Mas, na verdade, eu só penso.

– Você faz isso? – perguntei, brincando com ele.

Ele sorriu.

– Melhor do que você! – foi a resposta.

Eu o empurrei para o lado e ambos sorrimos.

– No que estava pensando? Se é que posso saber... – perguntei.

– Estava pensando em tudo. Na minha vida inteira. E cheguei à conclusão de que sou muito covarde.

– Covarde? Não é essa a palavra que eu usaria pra descrever um jogador de basquete!

– Sim, sou muito covarde. E, como você sempre disse, um jogador idiota de basquete. Só isso. Sabe, Luíza, eu sou covarde, não nos jogos, não aqui na escola. Sou covarde quando o assunto não está relacionado aos meus dons.

– Hum... continue.

– Então, eu sou tão covarde que estou te enrolando com esse assunto, sendo que o que eu queria falar não é sobre basquete, nem sobre os meus dons, nem sobre covardia.

Fiquei assustada. Não sabia se queria descobrir o que ele tinha para me falar.

— É sobre o quê, então? — precisei perguntar, mesmo correndo o risco de ouvir o que não desejava, ou o que não podia.

— Apesar de eu saber sua resposta, fiz isso tudo aqui, enrolei com um milhão de coisas, só pra perguntar se você aceitaria sair comigo. Mas eu sei que você não vai querer sair com um jogador idiota de basquete! — ele completou, a cabeça baixa.

— É! Realmente! Não vou querer mesmo sair com um jogador idiota de basquete! — O que eu estava fazendo? — Mas não vejo problema nenhum em sair com um companheiro de detenção covarde! — Sim, eu estava maluca. Sorri para ele, e Arthur, no mesmo instante, também sorriu para mim.

— Hoje à noite, às oito? Pode ser?

— Pode ser. Agora vamos terminar de arrumar isso aqui logo porque quero ir pra casa.

Levantamos e voltamos aos assuntos normais. Sim, estava pirada. O que faria agora? Sabia no fundo que Arthur não estava ali só representando um amigo para mim. E aquilo não ia dar certo.

Naquele momento, preferi não contar nada para as meninas, até porque sabia como elas ficariam eufóricas. E isso certamente me atrapalharia.

Fui para casa e tomei uma ducha quente, pois estava um pouco frio. Estavámos em plena metade da semana e eu saindo para fazer não sei o quê com Arthur. Não era coisa de gente normal. Não mesmo!

Depois fiquei pensando que roupa usar, como prender meu cabelo, se deveria deixá-lo solto... Toda essa situação me lembrava daquelas cenas de novela em que a garota vive só para receber um convite para sair. Eu não estava louca; nem queria sair com ele. Mas não sei por que falei aquilo, acho que por pena ou sei lá. Sejamos sinceros, ele fez um drama, não é verdade?

Enfim, quando já havia colocado praticamente todas (ou a maioria) as minhas roupas em cima da cama para decidir qual usar, a campainha tocou. Esperei. Ninguém foi atender... Gritei para meu irmão da porta, mas ele devia ter saído, pois não respondeu. Desci para atender. Quando abri a porta, dei de cara com Lucas. De novo, não! O que mais ele queria?

— Você de novo?

— Luíza, é sério, me deixa falar com você...

— Já não te disse que não temos mais nada pra conversar, Lucas? Qual parte você ainda não entendeu?

— Olha, me deixa entrar. Vamos sentar, e eu te explico tudo e resolvemos logo isso.

— Resolvemos o quê? Entrar? Sentar? Tá ficando maluco? Você NUNCA mais... tá ouvindo bem?... nunca mais vai colocar seus pés imundos dentro da minha casa. Seu idiota! E, se não for embora daqui agora, vou ligar pra polícia, que era o que eu deveria ter feito há muito tempo!

— Calma, Luíza, por favor, eu só preciso te explicar umas coisas...

— Não quero saber de nada que venha de você. Absolutamente nada!

— Algum problema aí, Luíza? — Meu irmão Edu tinha chegado.

— Não, Edu. Entra! Eu também já vou entrar!

Meu irmão entrou e o Lucas continuava lá, parado na minha frente.

— Adeus, tá bem? Não me procure mais! — Bati a porta na cara dele.

Não sei se ele ficou mais algum tempo atrás da porta. Só sei que precisava respirar... Sentia-me sufocada.

— O que ele queria aqui, mana?

– Nada, Edu, nada! Se a campainha tocar e for o Lucas de novo, não deixa ele entrar!

– Ok!

Subi para o quarto. Sempre tinha que acontecer algo para me desestabilizar. E o Lucas era profissional nisso!

Passados uns vinte minutos, a campainha tocou de novo. Meu coração chegou a doer... Mas, felizmente, eram Carol e Júlia, que logo subiram empolgadas com alguma coisa.

Quando abriram a porta do meu quarto, deram de cara comigo encostada na janela e aquele monte de roupa em cima da cama. Com certeza, elas estranharam na hora. Nunca fui de fazer isso!

– O que aconteceu aqui? – perguntou Júlia.

– Passou um furacão, foi? – Carol emendou.

– Mais ou menos; estou escolhendo uma roupa, mas não encontro nada que eu realmente ache apropriado pra... – fui explicar.

– Aonde você vai? – Júlia interrogou.

– Vai sair à noite? – Carol estranhou.

– É! Eu vou! Mas não encontro nada. Ai, já nem sei mais se vou mesmo...

– Pra onde? Com quem? – Carol mal se continha.

– Anda, desembucha, Luíza! – Júlia pegava no meu braço.

– Vou sair com o Arthur!

Elas ficaram uns vinte segundos em silêncio, olhando para minha cara com a boca aberta.

– W-H-A-T? – Carol estava pálida.

– É isso mesmo que a gente ouviu? Nossos conselhos funcionaram? – Júlia parecia não acreditar.

– Ih, lá vêm vocês! Não tem nada disso! A gente só vai dar uma volta, sei lá. Pra falar de outras coisas... Além de basquete, piano, livros e detenção – acrescentei sorrindo.

Elas começaram a gritar e pularam na minha cama como uma criança quando acaba de ganhar um presente muito esperado.

– Vocês têm algum problema? – perguntei.

– Acho que nós podemos te ajudar! – Carol se prontificou.

– Trouxemos essa bolsa com uns vestidos que a pegamos emprestado pra experimentar. Quer ver algum? Às vezes, você acha algo que te interessa. – Júlia estava radiante.

– Não vou morrer se der uma olhada, não é? – eu disse, sorrindo.

Elas me ajudaram a guardar minhas roupas e logo colocaram os vestidos sobre a cama... Experimentei alguns, sem muito interesse, mas elas estavam tão animadas com aquilo que não quis estragar o dia de estilista delas. Eu tinha essa qualidade: não gostava de estragar a felicidade dos outros, mesmo que isso custasse a minha.

Minhas amigas estavam mais empolgadas do que eu. Na verdade, nem sabia direito o que vestir, porque não sabia também aonde iria. Encontrei um vestido rosinha, florido, bem discreto, junto com um bolero preto de frio. Era o mais decente e menos extravagante.

– Você está linda! – Júlia estava muito contente.

– Perfeito! Amei! – Carol exibia um lindo sorriso.

– Ficou bom mesmo? – perguntei, sentindo-me uma Barbie com aquilo.

– Lindo! De verdade!

– Acho que alguém vai se apaixonar por você hoje... – Carol insinuou.

– Se é que já não está! – Júlia não deixou por menos.

– Não comecem vocês duas, hein? Isso não é um encontro!

– Pra você! Mas pra ele pode ser – Júlia me corrigiu.

Minhas amigas sorriram. Carol e Júlia eram tão fáceis de amar. Elas simplesmente eram assim, em qualquer lugar, com qualquer pessoa. Jamais mudavam. E isso era bom! Eu não gostava muito de mudanças.

As duas decidiram, sem meu consentimento, que iriam para casa, mas voltariam às dezoito para ajudar a me vestir, a pentear o cabelo, essas coisas. Acho que elas estavam pensando que eu iria a um baile de formatura. Não neguei. Acho que eu realmente ia precisar de apoio. Fazia um tempo que eu não saía sozinha com um garoto...

Queria que o tempo tivesse se arrastado; no entanto, infelizmente, ele voou e, quando me dei conta, Carol e Júlia já estavam na minha casa de novo.

Tomei banho e, durante os minutos que passei debaixo do chuveiro, me lembrei da primeira vez que saí com o Lucas.

Eu estava feliz e ansiosa. Se não fossem os acontecimentos posteriores, diria que aquele tinha sido um dos melhores momentos da minha vida. Mas hoje sabia que nenhum momento que havia passado com Lucas valera realmente a pena.

O medo invadiu minha mente, e, sim, eu temia que tudo aquilo voltasse a acontecer. Não conseguia confiar nas pessoas direito e eu mal conhecia Arthur... Sair assim com ele... Sozinha.

Saí do banheiro enrolada na toalha e fui logo dizendo:

— Vou ligar e desmarcar! Eu não... não posso... fazer isso!

— O quê? Não pode o quê, Luíza? — Júlia estava surpresa.

— Não posso, gente! Vocês não entendem, e se... acontecer de novo?

— Pelo amor de Deus, tira isso da cabeça! O Arthur não é o Lucas! Esquece o Lucas, deleta da sua cabeça tudo o que ele te fez — Carol parecia agoniada.

— Você não pode viver com medo das pessoas! Luíza, já se passaram dois anos. Acabou, tá bem? Você vai sair com o Arthur e vai dar tudo certo! Ok? – Júlia olhava séria para mim.

Não adiantaria discutir com elas. Troquei de roupa e me sentei para que elas arrumassem meu cabelo e fizessem a maquiagem. Fiquei um tempo advertindo para que não exagerassem na produção, até porque eu não sabia para onde o Arthur ia me levar!

Não sei exatamente quanto tempo isso durou, mas, quando acabou, respirei aliviada.

— Acabou?

— Sim, olhe no espelho e diga o que achou! – Júlia parecia feliz com o resultado.

Assumo que estava com um certo medo do que elas haviam feito em mim, mas, quando olhei no espelho, vi que realmente obedeceram o que eu disse e não exageraram.

No entanto, senti algo diferente; não costumava me arrumar daquele jeito... Mal passava maquiagem. E, sim, eu gostei do que vi no espelho.

— E aí? – Carol perguntou, cansada de esperar pela resposta.

— Nossa! Ainda bem que vocês não exageraram! – Sorri.

— Ah, Luíza, então você gostou! – Júlia me deu um abraço.

— Gostei! De verdade!

— Então, anda, já deve estar quase na hora... Só faltam o perfume, a sandália...

Elas deram os últimos retoques e logo eu estava pronta e esperando Arthur chegar.

Comecei a ficar ansiosa. Não pelo fato de ser o Arthur, mas, sim, por não estar acostumada com aquilo tudo.

— Bom, nós vamos embora, porque não vai ficar legal se ele

chegar e a gente ainda estiver aqui, não é? – perguntou Carol com um imenso sorriso.

– É, sim. Vamos embora, Carol!

– Ai, gente, nem sei o que falar pra vocês! Devo agradecer? – eu disse sorrindo.

– Seria bom, dona Luíza! – Carol me deu um abraço.

– Muito obrigada, então!

– De nada. Agora, vamos. Anda, anda, anda! – Júlia foi puxando Carol escada abaixo.

– Ah, por favor, se não chegar muito tarde, liga!

Depois que elas se foram, eu realmente senti o peso do que estava para acontecer. E o medo me invadiu novamente.

Era algo que estava acostumada a sentir: medo. Antes do Lucas, nada disso acontecia comigo... Tinha perdido a espontaneidade que havia em mim! Totalmente fria. Foi no que eu me tornei.

Algumas pessoas têm o poder de transformar seus pesadelos em realidade. E, depois que isso acontece, é difícil voltar a ser quem você era antes. Eu sou a prova viva disso!

9

Surpresas

Arthur chegou às vinte horas e dois minutos. Pelo menos ele era pontual! Isso era bom sinal?

Quando abri a porta de casa para sair, vi que ele estava parado na frente da porta – que eu entraria – do carro.

– Boa noite! – ele disse.

– Oi, Arthur!

Ele abriu a porta para que eu entrasse. Isso era legal, mas para quê?

Entramos no carro.

– Pra onde nós vamos? – perguntei.

– Surpresa! Mas acho que você vai gostar...

Eu tinha medo disso. Já tinha ouvido essa frase antes, e sim, todas aquelas cenas voltaram à minha mente. Fiquei com medo, comecei a ficar gelada. Mas percebi que ele estava me levando pra direção contrária da que o Lucas me levara há dois anos. Menos mau!

Avistei a praia de longe...

– Não trouxe biquíni! – informei, já que não imaginava que fosse esquentar.

— Não vamos tomar banho! — Ele sorriu.

Aquele silêncio e a expressão dele estavam me fazendo achar tudo aquilo meio cômico.

— Não vamos falar sobre detenção hoje, não é? — perguntei, para quebrar o silêncio.

— Espero que não! — Ele sorriu novamente.

Arthur estava MUITO misterioso e aquilo estava me irritando. Chegamos a um local daquela praia que eu nunca havia ido. Era sem ondas e havia muitos barcos e lanchas... O que o Arthur queria ali?

Ele parou o carro e fez sinal para que eu ficasse sentada. Deu a volta e abriu a minha porta:

— Quem olha assim até pensa! — zombei dele.

Ele fez uma cara feia e depois sorriu, mas não respondeu. Puxou-me pela mão e fomos em direção a uma lancha branca, enorme – e linda. Muito linda!

— Chegamos. Espero que não tenha medo do mar! — Arthur disse subindo na lancha e segurando minha mão pra que eu pudesse subir também.

— Nós não vamos muito longe com isso, não é?

— Não! Pode ficar tranquila! Não vou te sequestrar, nem nada do tipo.

— Você não me aguentaria nem por dois dias... — Sorri.

— Bom, é melhor você sentar pra não cair... Eu vou parar a lancha em um lugar melhor e depois te mostro as outras surpresas.

— Tem mais?

— Muito mais!

Eu me sentei, Arthur colocou uma música que não reconheci de quem era e, então, partimos. Não sabia para onde ele iria me levar, estava com muito medo, mas algo me dizia que podia confiar nele, embora me perguntasse, sem saber a resposta, por que fazia isso.

    Não demorou muito e avistei uma ilha, Arthur parou a lancha lá. Era uma ilhota, nada habitável, só o verde encantador das árvores e a lua clareando o céu. Mas era de um esplendor magnífico!

— Chegamos!

— Nossa, Arthur! Aqui é lindo! Como descobriu esse lugar?

— Meu pai; ele gosta demais daqui.

— É realmente lindo!

— Gostou?

— Muito!

— Então, está com fome?

— Um pouco...

Ele puxou minha mão novamente, meu coração gelou. Depois me levou para um dos compartimentos que havia na lancha, tinha uma mesa, onde ele colocou os pratos, todos arrumadinhos, e os copos também. Logo imaginei que tivesse preparado um jantar.

— Bom, eu fiquei pensando, durante o dia, o que você gostaria de comer. Pensei em várias coisas, mas a única coisa que tinha certeza de que gostaria era esta... — Ele tirou de um forninho uma forma com pizza.

— Que bom! Amo pizza! E já estava preocupada com o que você havia escolhido... — Eu sorri.

Comemos, conversamos e demos muitas risadas. Foi extremamente agradável, embora implicássemos um com o outro o tempo todo, mas descobrimos que éramos capazes de conversar sobre outras coisas além dos assuntos de sempre.

    Arthur me parecia diferente mesmo. Talvez Carol e Júlia tivessem acertado. Mas não poderia dar créditos a uma coisa da qual nem eu tinha certeza.

Quando acabamos de comer, sentamos do lado de fora da lancha, na superfície, e com os pés na água. De tão linda, a luz da lua e das estrelas nos enfeitiçava. O cenário era perfeito!

Porém, a garota idiota com o jogador idiota de basquete de novo, não. Não podia cair no mesmo erro! Ficamos um tempo em silêncio, olhando para o nada. Eu não falava nada, nem ele; mesmo assim, não era constrangedor. Eu me sentia à vontade.

— Posso saber no que a senhorita está pensando agora? – ele quebrou o silêncio.

— Em nada – eu sorri –, esse lugar é encantador!

— É, sim!

— Arthur, por que me trouxe aqui?

Apesar de não estar muito claro, percebi que ele corou.

— Ah, Luíza, não encontrei nenhum lugar lá na cidade que poderia nos proporcionar o que está acontecendo agora.

— E o que está acontecendo agora?

— Não estamos brigando. – Ele sorriu.

— É verdade! – Também sorri. – Mas, pra não perder o costume, você já trouxe quantas aqui?

— Não muitas; tem pouco tempo que estou na cidade! – Ele piscou o olho. – Brincadeira! Você é a primeira...

— Entendo... – Pisquei o olho também.

— Hoje você vai me contar o que todo mundo sabe, menos eu?

— Você não me trouxe aqui para isso, não é? – Minha expressão mudou na hora. Sabia que ele queria saber do Lucas.

— Claro que não, Luíza, por favor! Não entenda mal!

— Você não precisa saber de nada, não tem nada a ver com essa história.

Parei por um minuto e observei a expressão dele mudar também. Ele baixou a cabeça por uns segundos e depois me encarou.

— É que não consigo, não aguento ver você chorando por um motivo que desconheço. Acabo me sentindo incapaz de ajudar! – Ele baixou a cabeça novamente.

— Arthur, ninguém pode me ajudar.

Ficamos em silêncio novamente. Percebi que ele não ia mais tocar no assunto. Continuei mexendo os pés dentro d'água, sem saber o que falar.

Para acabar com aquele clima, Arthur começou a chutar água em mim.

— Arthur! – gritei e fechei a mão para dar um soco nele.

Ele se levantou e, quando fui levantar, escorreguei na superfície da lancha e caí dentro d'água.

— Luíza! – Arthur saltou também. – Você está bem? – perguntou ao me alcançar.

Não conseguia parar de rir.

— Claro! Eu sei nadar, seu bobo! Foi só um tombinho! – Sorri.

Ele me abraçou. Dentro d'água. E eu perdi o chão. Na verdade, já estava sem chão, não é mesmo? Mas fiquei meio sem reação dentro d'água, com o Arthur me abraçando...

— Que susto você me deu!

— Eu estou bem! Sério!

Ele me sentou na beirada da lancha, e continuou dentro d'água.

— Quero te falar uma coisa!

— Não quer sair da água primeiro? Tá ficando frio! – eu disse.

Ele se sentou do meu lado, todo encharcado.

— Eu não sei mais o que faço se perder você de vista – ele disse, a mão no meu rosto.

Gelei. Fiquei sem reação no primeiro instante. O que poderia falar? O que poderia fazer? Não podia me magoar de novo. Não da mesma forma.

Meu cérebro não conseguia pensar em nada como resposta. Então acho que o meu inconsciente, ou sei lá mais o quê, agiu por mim. Segurei na mão que o Arthur colocara em meu rosto e o beijei.

Mas não consegui parar; percebi que era algo que ele queria, então não tive forças para me afastar. Descobri logo depois que era algo que eu também desejava.

— Ai, desculpa! — falei levantando, envergonhada.

— Pelo quê?

— Por isso; acho melhor a gente ir embora, eu não...

— Luíza, calma! Não vai acontecer nada, não vou falar pra ninguém.

— Você não entende, eu não posso... Eu... — estava nervosa.

— Luíza, espera! Olha pra mim. — Ele segurou meu rosto. — Vou te dar uma toalha, você vai lá dentro e se seca um pouco, aí nós vamos embora! Está bem assim?

Fiz que sim com a cabeça. Ele indicou onde era o quarto e me deu uma toalha. Depois vi que ele tinha ido para a parte externa da lancha novamente.

Minha cabeça estava a mil. Não sabia o que pensar nem o que fazer. Meus sentimentos estavam todos embaralhados e eu me sentia muito perdida. O que foi que eu fiz?

Peguei a toalha e me sequei mais ou menos, depois enxuguei o cabelo e logo saí do quarto em silêncio. Vi que Arthur estava sem camisa e de costas. Ele era lindo! Isso eu não podia negar! Cheguei perto e coloquei minha mão gelada nas costas dele para chamá-lo.

— Arthur...

Ele se virou e me deu um abraço. Embora estivéssemos com frio, era confortável. Não sei para ele, mas para mim era. Ficamos assim por uns dez minutos. Parados. Abraçados. Gelados. Ele me segurando forte, e eu com as mãos em suas costas frias.

— Ninguém vai saber o que aconteceu aqui — ele sussurrou no meu ouvido.

— Obrigada! Mas vou continuar te detestando e implicando com você — eu respondi.

Ele sorriu e me soltou. Em seguida, ligou a lancha e seguimos até a praia de onde havíamos partido.

— Posso te fazer a última surpresa da noite?

— Se não for uma bomba, pode! — Sorri.

Ele foi até a cabine e trouxe alguma coisa nas mãos, mas não dava para saber o que era, pois trazia o objeto com as mãos para trás.

— Feche os olhos! Não tenha medo.

— Medo de você! — disse.

— Essa é a menor surpresa da noite... Relaxe!

— Então, tá. — Fechei os olhos.

Ele passou algo por baixo do meu nariz, e pude sentir o perfume.

— Uma rosa! — Abri meus olhos.

— Última surpresa da noite!

— Obrigada, Arthur! Eu me diverti! De verdade... Nem sei como agradecer, eu...

— Eu sei... — Ele me olhou e deu um sorriso torto. — Posso?

Não respondi. Sorri, sem graça. Ele passou a mão nos meus olhos e eu os fechei. Então, ele me deu um beijo. Quando acabou e abri os olhos, estava sorrindo para mim.

— Vamos, vou te levar pra casa.

Saímos da lancha, já estava bem mais seca. Mas, se minha mãe me visse, provavelmente iria me fazer um interrogatório.

Ela sabia que eu iria sair, mas não para onde ia. Nem eu, na verdade. Já era quase meia-noite e ela devia estar dormindo.

Fomos conversando normalmente, como se nada tivesse acontecido. Algumas vezes a gente se olhava e ria da situação. Foi divertido. Muitas surpresas. Até demais.

— Pronto, chegamos!

— Obrigada, Arthur! De verdade!

— De nada. Vou poder te chamar pra sair mais vezes? — ele perguntou.

— Quem sabe — disse, abrindo a porta do carro.

— Até amanhã, então, companheira de detenção!

— Até!

Entrei em casa fazendo o máximo de silêncio possível. Ninguém acordou. Graças a Deus! Fui para o meu quarto, coloquei a rosa em cima da cama e tomei um banho. Estava salgada e com o cheiro do Arthur em mim.

Como eu deixei isso acontecer? Ele me desarmou completamente! Aquela garota da lancha não se parecia comigo, nem um pouco. Havia sido bom, não devia negar, mas não podia ter acontecido. Não podia nem para contar para ninguém, nem para a Carol nem para a Júlia. Isso iria me consumir.

Não dormi nada durante a noite. Tudo que aconteceu foi demais para mim. Não me arrependi, mas poderia ter evitado aquilo. Agora mal poderia olhar para Arthur, e ainda tinham as detenções.

Mas agora já era tarde; já havia acontecido. Fiquei pensando durante a noite inteira; não poderia mentir ou omitir aquilo para Carol e Júlia. Elas "tinham torcido" por isso durante tanto tempo. Desde o que acontecera com o Lucas, nunca mais tocara no assunto de algum menino de que me interessara. Até porque nada me interessa muito facilmente.

No outro dia pela manhã, levantei com muita vontade de permanecer na cama. Mas, se não fosse à escola, teria que me explicar com Carol e Júlia; pior: teria que me explicar com a diretora por causa da detenção. Disfarcei bem no café da manhã. Minha mãe e meu irmão mal notaram minha presença. Fui para a escola de ônibus, como de costume. Quando cheguei lá, fui direto para a sala. Não queria correr o risco de encontrar com o Arthur ou mesmo com o Lucas àquela hora da manhã.

Ao abrir a porta da sala, lá estavam elas, sentadas e afobadas. Loucas por informação.

— Anda, aproveita que não tem mais ninguém na sala, Luíza! — Carol falava apressadamente.

— Conta T-U-D-O, amiga! — Júlia também estava inquieta.

— É melhor vocês irem perguntando, e eu respondo. Não vou saber contar assim — disse, tentando fugir da responsabilidade.

— Onde vocês foram? — Carol começou.

— Fomos passear de lancha!

— Lancha? Como assim? No mar? — Júlia parecia não acreditar.

— Claro! Queria que a gente passeasse de lancha nas ruas? — Sorri. — Na lancha do pai dele. Era enorme e linda! Linda demais! Fomos para uma ilha aqui perto, mas não descemos da lancha.

— Meu Deus! Faz um tempão que eu namoro o Pedro e ele nunca me levou para passear em uma lancha, nem que fosse roubada! Isso é que é triste! — Carol reclamou.

Eu sorri.

— E o que fizeram na lancha? Se é que podemos saber... — disse Júlia rindo.

— Nem comecem vocês duas, hein? Nós comemos pizza e ficamos sentados na beira da lancha, os pés na água...

— Olhando para o céu estrelado e o brilho da lua! Que romântico — Carol exclamou.

— Nossa! Como você sabe? — impliquei.

— Esse é o sonho de toda garota, Luíza!

— Não era o meu! — disse.

— Anda, continua! — Júlia interrompeu.

— Ele me falou da família dele, eu falei da minha, conversamos sobre outras coisas. Foi divertido!

— Só isso? — perguntou Júlia intrigada.

— Não é possível! Você está escondendo o jogo, Luíza! Pode abrir o bico! — Carol já estava nervosa.

Não conseguiria esconder nada delas. Iam perceber que havia algo errado. Tinha que contar, não tudo, mas pelo menos uma parte da história.

— Bom, ele me perguntou do Lucas.

— Ai, meu Deus! — Carol estava surpresa.

— E aí? — Júlia parecia mais calma.

— E aí que eu fiquei muito nervosa. Mais do que qualquer outro, vocês sabem que eu DETESTO esse assunto, com todas as minhas forças.

— Mas ele não tem culpa, Luíza. O Arthur não conhece essa história — Júlia interveio.

O professor entrou na sala, junto com o restante dos alunos. Tive que parar por aí. Elas não gostaram muito, mas seriam obrigadas a esperar de qualquer jeito. Na hora do intervalo, saímos para lanchar, mas as meninas inventaram umas desculpas para o Pedro e o Luan e logo voltamos para a sala, para que elas continuassem com o interrogatório.

— Agora, sim, podemos conversar. Ainda faltam alguns minutos. — Júlia olhou no relógio.

— Não sei por que tanta curiosidade! Não teve nada de mais — eu disse.

— Anda, dona Luíza, termina de contar. — Carol estava com os olhos arregalados.

— Onde parei?

— Ele perguntou do Lucas...

— Isso, Júlia, ele perguntou do Lucas. Aí eu fiquei nervosa e tal. E disse que ele não tinha nada a ver com essa história do Lucas, que era pra deixar pra lá. Então ele disse que... que...

— Desembucha, Luíza! — Carol bateu as mãos na carteira.

— Ele disse que não aguentava mais me ver chorando por um motivo que ele desconhecia — corei.

— Ai, meu Deus! Ai, meu Deus! Ai, meu Deus! — Carol batia palmas.

— Ele está apaixonado por você, Lu! Que lindo! — Júlia deu um sorriso.

— E o que você fez depois que ele falou isso?

— Ele disse que queria me ajudar, e eu falei que ninguém poderia me ajudar, ou alguma coisa assim. Então, depois, para quebrar aquele clima "silêncio mortal", ele jogou água em mim. Eu levantei pra me defender e escorreguei.

— Como sempre, desastrada! — Carol sorriu.

— Você caiu? — perguntou Júlia.

As expressões no rosto das meninas eram a melhor parte disso tudo.

— Caí dentro d'água! Mas eu afundei, por causa da roupa e tudo... Aí o Arthur pulou dentro da água também. Depois que eu coloquei a cabeça pra fora d'água, ele veio pra perto de mim perguntando se eu estava bem. Respondi que sim, que sabia nadar. E foi aí que aconteceu uma coisa muito estranha!

— O quê? — Júlia parecia prestes a flutuar da cadeira.

— Ele me abraçou e disse que eu tinha dado um susto nele!

— Isso dentro d'água? — Júlia indagou.

— É!

— Meu Deus, que romântico! Cena de filme! — Carol apertava as mãos.

— Nada romântico! Eu estava encharcada e a maquiagem que vocês fizeram estragou toda naquela água salgada. O vestido novo ficou todo molhado, um horror!

— Não vem ao caso, continue — Carol rapidamente retomou o assunto.

— Aí ele me sentou na beira da lancha e disse que precisava me dizer algo. Eu falei pra ele sair da água porque estava frio... Ele saiu e sentou do meu lado. E depois disso só aconteceram coisas estranhas.

— Dá pra falar que tipo de coisa estranha é essa? — Carol parecia nervosa.

— Ele disse que não saberia mais o que fazer se me perdesse de vista!

Carol tombou na cadeira e Júlia ficou com a boca aberta durante um tempo. Não falaram nada; só olharam para mim, perplexas. O que eu podia fazer? Nem eu entendia aquilo tudo direito. O Arthur mal me conhecia, eu também mal o conhecia. Essas coisas não deveriam acontecer entre desconhecidos.

— E o que você fez?

— Acho bom você ter feito a coisa certa, Luíza! — Carol parecia um soldado.

— Sem escândalos, por favor. A parte estranha vem agora. Eu dei um beijo nele — sussurrei.

— Eu sabia! Eu sabia! Sabia que isso iria acontecer! — Carol não parava de sorrir.

— Gente, vocês não estão entendendo...

— O quê? — Júlia também não parava de rir.

— Eu QUIS isso! Não está certo... Eu não podia, entendem? Não gosto do Arthur, mas ele estava tão... diferente, e cheiroso, e lindo! Não consegui me segurar, agi por impulso — sussurrei novamente.

— Luíza Bedim! Luíza! Luíza de Deus! Presta atenção em uma coisinha que eu vou te falar agora! Uma não, várias. Você quis. Se foi bom? Então, Luíza, o Arthur tem algo que te atrai. Não estou falando do físico. Desde quando ele chegou aqui, eu percebi isso. Vocês se xingam, brigam, se pegam o tempo todo, mas não conseguem ficar longe. Nem que seja pra atazanar a vida um do outro, vocês estão perto — Carol falava sem dar pausa.

— Agora, o fato é: ele está completamente caidinho por você. Com que intenção ele, Arthur, levaria você, Luíza, pra uma lancha, sozinhos, no meio do mar, à luz das estrelas e da lua? Ele não queria nada além de ter a oportunidade de fazer você ver quem ele realmente é, e o que ele realmente quer — Júlia concluiu.

— E o que vocês querem que eu faça?

— Dê uma chance a ele, Luíza! Deixe que ele te conheça, te entenda, te ajude — Carol implorava.

— Não quero que ninguém me ajude em nada, Carol, eu não preciso de ajuda. Eu estou bem sozinha! Juro! Foi coisa de momento aquilo... O Arthur não significa nada pra mim. Eu não posso ficar com ele...

— Por que não? Luíza, você e o Lucas não têm mais nada. Não dá certo mais; você viu o que ele fez com você. O que você quer? Deixar o tempo passar até ceder e ouvir as conversas idiotas dele de novo? Luíza, pelo amor de Deus, eu não quero e não vou deixar isso acontecer novamente. Tá entendendo? — Carol já estava quase chorando. – Eu não vou deixar você correr o risco de perder sua vida, não vou! Da outra vez, nós todas fomos enganadas, e você viu onde você foi parar. Você é muito mais importante. Pare de pensar no que aconteceu, esqueça o Lucas. Não vamos deixar que nada de ruim aconteça novamente. Por favor, confie em mim.

Fiquei sem reação. Sabia que, da mesma forma que doía em mim aquilo tudo, doía nelas também. Não com a mesma intensidade, mas doía. E sabia mais ainda que o que elas queriam era me ver feliz de novo. Ver em mim a Luíza que tinha ido embora junto com o Lucas naquele dia. Foi aí que eu prometi a mim mesma que jamais causaria todo aquele sofrimento a elas de novo. Jamais!

O professor voltou para a sala, a Carol pediu para ir ao banheiro e saiu. Eu queria ir atrás dela, mas não podia. Não sei se poderia dizer o que ela queria ouvir em relação àquele assunto. Lucas havia destruído minha vida, e eu tinha muito medo de que Arthur fizesse isso também.

Quando Carol se sentou na carteira, peguei o celular e digitei uma mensagem para ela. Vi o sorriso em seu rosto quando acabou de ler: *Prometo que tentarei, obrigada!*

10

Memórias

A AULA PASSOU RÁPIDO. E eu teria que enfrentar Arthur na detenção, de uma forma ou de outra. Fui direto para o auditório e, quando virei para entrar no corredor, senti alguém me puxando para trás pelo braço. Me virei, soltando-me automaticamente.

— Posso saber o que você estava fazendo pra chegar ontem aquela hora com aquele garoto? – Lucas perguntou com agressividade.

— Lucas, por acaso eu te devo satisfação? Quantas vezes vou ter que dizer pra você parar de me procurar e de me vigiar?

— Luíza, já pedi...

— Não quero saber! Com licença, estou atrasada!

Ele me segurou de novo.

— Você vai ter que me ouvir! – Lucas disse.

Já estava gelada.

— Algum problema aí, Luíza? – Arthur chegou por trás de mim.

— Não se mete, "capitãozinho"! – Lucas respondeu.

— Solta ela!

— Me solta, Lucas! Agora! – gritei nervosa.

Só depois de fixar seus olhos em mim é que ele me soltou. Virou as costas e se foi. Não sabia o que falar nem o que fazer. Arthur segurou minha mão e me levou ao auditório.

— Obrigada! — eu disse.

— O que aquele desgraçado quer com você, Luíza? Tem como falar?

— Já disse que não quero falar sobre isso.

— Mas tem que falar! — Arthur estava alterado. — Precisa falar! Vai deixá-lo continuar te perturbando assim? Luíza, pelo amor de Deus, fala!

— Fica fora disso, Arthur! Por favor!

Ele respirou fundo, e nos sentamos logo em seguida. Ficamos uns oito minutos calados, sem trocar uma palavra, até que Arthur levantou e começou a arrumar as coisas. Eu levantei depois para ajudar. Ele não falou mais nada, eu também não.

Quando acabamos, fui andando em direção ao portão da escola. Não iria embora com ele depois disso! Ele entrou no carro e saiu, porém, poucos metros depois, freou bruscamente ao ficar paralelo comigo. — Entra no carro! Eu te levo pra casa.

— Não precisa, obrigada!

— Larga de ser orgulhosa, só vou te levar pra casa. — Ele desligou o carro.

— Ok! — aceitei por fim.

Entrei no carro. Confesso que queria a carona, pois a mochila estava muito pesada para eu ir andando.

Não falei nada até chegar em casa. Só agradeci pela carona e entrei.

Eu sei, Lucas já estava exagerando e eu precisava contar a alguém. Não podia deixar chegar ao ponto que havia chegado da última vez. Mas Arthur queria saber demais... Por mais que a intenção fosse boa, parecia que ele estava invadindo a minha privacidade.

Quando contei para Carol e Júlia o que havia acontecido, levei uma enorme bronca. Na opinião delas, deveria me abrir com o Arthur e tomar uma decisão em relação ao Lucas, para ele parar de me perturbar – nesse ponto eu concordava com elas. Mas me abrir com o Arthur? Pra quê?

Quando debati esse assunto com elas pelo telefone, ouvi a seguinte frase da Carol: *Lu, você disse que tentaria!* Ela tinha razão. Fiquei com aquilo na cabeça o dia inteiro. Teria que voltar ao auditório à noite para cumprir a advertência. O pior era ter que me encontrar com o Arthur!

Faltando uns vinte minutos para ir pra escola à noite, resolvi ligar para ele.

– Oi! – Arthur atendeu.

– Arthur, é a Luíza...

– Não me diga que vai me deixar lá sozinho arrumando aquele auditório, por favor!

Sorri. O humor dele havia voltado.

– Não, nada disso! Só ia pedir pra você me buscar! Se puder...

– Ah, sim, é claro! Busco sim! Cheguei a levar um susto agora... A preguiça já começava a me consumir...

– É, espertinho! Pode ficar tranquilo que não vou te deixar na mão!

– Ah, Luíza, só uma coisa antes de você desligar.

– Diga!

– Perdoe-me por hoje, eu devia ter ficado na minha.

– Tudo bem, Arthur, eu entendo!

– Ok, então! Daqui a dez minutos eu passo aí.

– Está bem. Tchau!

Desligamos. Em um mesmo dia, o Arthur conseguia me tirar do sério e me fazer sorrir!

Estava disposta a falar tudo para ele, mas será que conseguiria? Depois de tanto tempo, me prender a detalhes, palavras, fazer voltar tudo aquilo à minha mente, e não ficar guardando comigo, ter que dizer para outro alguém? Será que eu conseguiria? Será que seria tão simples aquele volume colossal de memórias explodindo dentro de mim? Seria tão fácil assim dizer? Acredito que não! Talvez nem conseguisse. Talvez.

O carro de Arthur estacionou em frente à minha casa. Enquanto descia, ouvi minha mãe gritar da sala:

— Quem é, Luíza?

— Um amigo! Estamos indo pra escola, pode ligar pra lá se quiser! — disse saindo.

— Luíza tá namorando! Luíza tá namorando!

— Só se for o vento, moleque! — gritei de volta para o meu irmão.

Arthur estava parado novamente do lado de fora do carro. Assim que me aproximei, ele abriu a porta para mim.

— Coitado do seu irmão!

— O quê?

— Te aguentar de TPM deve ser muito triste, hein? — Arthur zombou e entrou no carro.

— Não começa com gracinhas...

Fomos conversando normalmente, como se nada tivesse acontecido pela manhã. Eu me sentia à vontade com ele. Não sei por quê. Chegamos à escola e fomos logo arrumando tudo, para acabar rápido. Eu precisava falar com o Arthur, contar tudo pra ele... Tudo o que aconteceu, tudo o que senti, tudo o que eu estava sentindo naquele momento. Contar tudo mesmo!

Mas eu não tinha coragem de puxar esse assunto com ele, afinal, havíamos brigado mais cedo por causa disso. Queria ter outra oportunidade, mas Arthur não me chamaria tão cedo para sair novamente, e também não gostaria de receber outro convite. Não agora!

Terminamos de arrumar o lugar e eu ainda não havia falado nada.

— Vamos embora? — Arthur perguntou.

— Vamos! — respondi.

Ele me levou para casa. Minha cabeça estava a mil; não conseguia nem conversar direito com ele. Estava meio que no mundo da lua. A vontade de desabafar era grande, mas o constrangimento era maior ainda. Resolvi deixar para lá.

— Obrigada! — disse saindo do carro.

— De nada!

Ele se foi. E eu fiquei parada ali fora por uns três minutos, pensando em tudo, e também na minha falta de coragem.

Os dias seguintes foram tranquilos; as coisas correram sem problemas. Arthur não tocou no assunto, Lucas não me procurou, só Carol e Júlia que me estressavam com essa história do Arthur.

No sábado à noite, minha mãe saiu com meu irmão e eu fiquei em casa sozinha. As meninas haviam saído com Pedro e Luan e, quando o assunto era casal, eu sempre sobrava. Já estava acostumada. E o tempo também estava escuro, parecia que iria chover. Resolvi ficar em casa assistindo a um filme. Minha mãe só chegaria tarde...

Já eram oito horas da noite e começou a me dar fome. Resolvi ir à lanchonete da esquina de casa comprar algo para comer. O céu estava escuro, relampejava e trovejava a todo instante. Pensei em andar bem rápido para não pegar chuva. Mas não faria diferença mesmo. Não tinha ninguém na rua. Só eu. Quando cheguei à metade do caminho, coloquei a mão no bolso e percebi que o dinheiro havia ficado em casa. Voltei.

Entrei em casa, peguei o dinheiro e aproveitei para tomar água. Começou a chover. Mas estava com muita fome e não deixaria de comprar o lanche só por causa da chuva. Peguei um guarda-chuva e fui andando em direção à lanchonete. As luzes dos postes piscavam; fiquei com medo de que faltasse energia, mas meu celular estava comigo e ajudaria, caso isso acontecesse. Continuei andando. Ouvi alguém me chamar. A luz da rua apagou. Acendi o celular e respondi. Ninguém respondeu. Continuei andando. A luz voltou, e vi quem era. Gelei.

– Lucas...

– Luíza, agora você vai me ouvir!

– Deixa eu passar, anda. Não tenho nada pra ouvir de você.

– Me ouve!

– Se você não sair da minha frente, eu vou gritar!

– Sem escândalos, Luíza, não quero problema com ninguém. Só quero que me ouça.

– Percebeu que está chovendo? Estou com fome e cansada. Já posso ir?

– Fica quieta aí e me escuta!

– Eu não quero! Me solta! – Ele segurava meu braço.

– Pelo amor de Deus, Luíza, deixa eu falar com você!

– Não sou mais idiota, Lucas, não quero ouvir nem uma palavra vinda de você.

– Mas você vai me ouvir sim, olha...

O medo tomou conta de mim; a luz ia e voltava a cada segundo. Não pensei duas vezes: dei um chute na perna do Lucas, ele se curvou com a dor, e eu saí correndo. Minha segunda reação foi ligar para o Arthur. Ele era a única pessoa que poderia me ajudar.

— Arthur, pelo amor de Deus, pode vir me buscar? — pedi soluçando ao telefone.

— Luíza? O que houve? Onde você está?

— Na lanchonete da esquina aqui de casa. Vem me buscar, por favor?

— Agora! Estou saindo daqui. — Ele desligou, sem me deixar falar mais nada.

Estava encharcada. Tinha deixado o guarda-chuva no meio do caminho. Chorava mais do que chovia. Tremia, chegando a bater o queixo. De medo? De frio? Não sei. Só sei que não aguentava mais aquilo tudo me sufocando. Não mesmo! Cinco minutos depois, ou até menos que isso, Arthur chegou. Entrei rapidamente no carro.

— O que aconteceu? Anda, fala, Luíza!

— Vamos pra algum lugar, e eu te falo!

Ele acelerou o carro, estava nervoso, ansioso, afobado — mais do que eu, até. Ele correu tanto que nem notei quando havíamos chegado.

— Onde estamos?

— Na minha casa. Meus pais saíram, aqui a gente pode conversar sem que ninguém perturbe. — Ele saiu do carro e deu a volta para me pegar, segurando minha mão e me acomodando embaixo do guarda-chuva.

A casa dele era linda. Toda branca. Com as janelas de vidro escuro. Quando entramos, ele me deu uma toalha e pediu que eu me sentasse. Resmunguei que estava molhada e acabaria molhando o sofá. Ele disse que não tinha problema; me sentei. Ele me trouxe água — o coitado nem desconfiava de que eu estava morrendo de fome.

– Está mais calma? – perguntou.

Fiz que sim com a cabeça. Coloquei o copo na mesa.

– Pode me falar agora o que houve?

– Posso, mas você tem que prometer que vai ouvir até o final!

– Prometo!

– A história é longa...

– Não tenho pressa, Luíza, amanhã é domingo.

Estava diante da oportunidade que tanto havia desejado!

11

Meus segredos

— Eu estava indo comprar um lanche agora de noite, quando de repente o Lucas me parou na rua.

— De novo? O que ele queria?

— Ele quer que eu o ouça de qualquer jeito. Mas eu não vou fazer isso! Não vou mesmo!

— Luíza, espera aí, me explica tudo, desde o início. O que esse cara tem a ver com você?

— Eu conheci o Lucas dois anos atrás. Na verdade, eu já o conhecia, mas me aproximei dele somente há uns dois anos. Ele era capitão do time. — Senti que Arthur respirou fundo e me encarou. — Nessa mesma época, o Pedro e a Carol começaram a namorar. Automaticamente, começamos a andar com o time. Ele e o Pedro eram amigos.

— Capitão do time! — Arthur resmungou.

— É! Começamos a nos aproximar. Eu cantava no coral da escola e quase sempre tocava piano nas festas que aconteciam lá. Estávamos sempre nos mesmos lugares, todos juntos. Passado um tempo, ele pediu para conversar comigo, e eu aceitei. Todas as meninas da escola eram loucas por ele. Por que eu não aceitaria? Minhas amigas gostavam dele, os meninos também. Não via problema algum. Depois dos treinos do time, a gente se encontrava e ficava. Poucas pessoas sabiam. Eu só tinha dezesseis anos e não fazia ideia do que ele planejava. Essa situação durou uns quatro meses. Nossos encontros eram sempre na escola ou com as meninas por perto. Nunca ficávamos em algum lugar sozinhos. Até que as meninas começaram a falar que ele iria me pedir em namoro. Fiquei toda empolgada porque gostava dele, e era o que eu mais queria na época. Então, ele me convidou para sair. Só nós dois. Estava superfeliz e empolgada; escolhendo roupa e tudo mais para sair com ele. Lucas veio me buscar no carro do pai dele. Mesmo sem carteira, ele conseguiu pegar o carro. Entrei nele escondida. Minha mãe nem sonhava com isso.

Dei uma pausa para beber água. Arthur se acomodou no sofá.

— Cansou? — perguntei.

— Não, continue.

— Então ele me levou pro lado oposto daquele que eu e você fomos aquele dia.

— Pras montanhas?

— Sim, pras montanhas. Achei aquilo lindo, romântico. Ele parou o carro no meio do nada, não tinha ninguém. Só nós dois. — Comecei a chorar e a tremer. Sempre que falava disso ficava assim. — Desculpe.

Arthur sentou do meu lado e segurou minha mão.

— Quer continuar? Se não estiver bem, deixa pra outro dia...

— Não, eu quero.

— Continue, então!

— Enfim, ele começou a conversar comigo, disse que queria muito namorar comigo, mas que tinha algumas condições para isso. E perguntou se eu aceitava essas condições. E eu, antes de ouvir quais eram, disse que aceitava tudo que viesse dele. – Respirei fundo. – Foi esse um dos meus maiores erros. Aceitei antes de saber. Então, ele começou a me beijar, a me abraçar... Sentamos no banco de trás do carro, e comecei a entender qual era a condição sobre a qual ele havia falado. Ele tentou levantar meu vestido, abriu o fecho da calça dele... Pedi que ele parasse. Eu já havia avisado que não queria. Mas ele não queria parar. Ficou me segurando, e eu comecei a gritar pedindo socorro. Ele me deu um tapa e me mandou calar a boca. – Continuei a chorar e soluçar. – Quando consegui me soltar dos braços dele, depois de arranhá-lo e mordê-lo um monte de vezes, pulei pro banco da frente e abri a porta. Quando eu ia sair, ele me puxou pelo cabelo e me jogou no banco do motorista. Liguei o carro. Ele me puxou e, quando eu caí por cima da marcha, meu pé ficou preso no acelerador do carro. No mesmo instante, o carro começou a andar. Ele jogou o volante em direção ao precipício que havia mais à frente e pulou do carro.

— E você, Luíza? O que aquele desgraçado fez com você?

— O carro capotou um monte de vezes comigo dentro, fui parar lá embaixo. Sorte que não pegou fogo. Quando a polícia e a ambulância chegaram, ele já estava em casa contando a versão dele pros pais.

— Meu Deus! E como você ficou? Ele podia ter te matado!

— Eu quebrei o pé, que ficou preso no acelerador, me cortei toda com o vidro do carro, torci o braço esquerdo, fraturei duas costelas, tiveram que colocar um dreno na minha coxa pra tirar o sangue que havia coagulado e essa cicatriz que tenho aqui nas costas – levantei a parte de trás da blusa para que ele visse – é do acidente também. Fiquei com um pedaço de ferro preso nas costas.

Eu chorava e tremia compulsivamente.

— Desgraçado! Desgraçado! — Arthur gritou. — E o que você fez? Ele foi preso?

— Não, essa é a pior parte. Eu o amava. Pedi que minha mãe não o denunciasse, mas ela contou a verdade pros pais dele. Apesar de não acreditarem nela, entramos em um acordo com eles: ela não denunciaria e eles se mandariam daqui. O pai dele, com medo de sobrar pro filho, resolveu aceitar.

— E você não falou nada? Nada, Luíza? Ele... Ele chegou a... Você sabe! — Arthur estava inconformado.

— Não, não. Eu consegui sair antes. Sinto nojo só de olhar pra ele. Não esperava que eles fossem voltar depois desse tempo todo. E eu ainda estou me recuperando, não física, mas emocionalmente. Sinto medo de tudo, de todo mundo. Não consigo confiar nas pessoas. Ele destruiu a minha vida. E não quero ouvir nada que venha dele, não quero mais! Não quero! — Chorava copiosamente.

— E não vai! Você nunca mais vai ouvir nada que venha daquele idiota. Se ele sonhar em encostar um dedo em você, eu o mato. Luíza, olha pra mim, olha!

Olhei.

— Nunca mais, tá ouvindo? Nunca mais ele vai encostar em você! Eu prometo! Entendeu?

Fiz que sim com a cabeça. Arthur sentou-se do meu lado, me puxou para o seu peito e me abraçou. Ficamos ali, eu chorando, ele mexendo no meu cabelo. Podia ficar ali por horas, por dias.

Quando abri os olhos, estava em um lugar estranho. Minha vista embaçada só conseguia distinguir um abajur com a luz acesa e o resto do cômodo escuro; me sentei. Era um quarto, que eu desconhecia. Vi Arthur deitado no sofá ao lado da cama, dormindo. Quando me mexi, ele acordou:

— Arthur...

— Oi, Luíza, você está bem?

— Onde estou? Que horas são?

— Meu quarto. São... – olhou no celular – ... duas e quarenta e cinco da manhã.

— O quê? Meu Deus, minha mãe vai me matar! Tenho que ir pra casa, eu...

— Luíza, fica calma. Minha mãe ligou pra ela. Já disse que você adormeceu e ficaria aqui até amanhã.

— Não, eu não posso! Eu...

— Luíza, você não tinha condições de ficar em casa sozinha. Está tudo bem! É só até de manhã! Volte a dormir...

Respirei fundo.

— Ok, então! – concordei e me deitei novamente.

Um silêncio invadiu o quarto. Até que de repente resolvi falar.

— Arthur...

— Oi!

— Você vai falar pra alguém as coisas que eu te contei? Nem as meninas sabem disso tudo...

Arthur se ajoelhou perto da "minha" cama.

— Olha, Luíza, eu jamais faria isso com você! Confie em mim!

Eu sorri. Deveria estar corada. Ainda bem que estava escuro. Arthur beijou minha testa e se deitou no sofá. Adormeci. E sonhei. Sonhos bons, a noite inteira.

Quando abri os olhos pela manhã, dei de cara com o Arthur sentado lendo alguma coisa no sofá.

— Bom dia, Bela Adormecida!

— Que horas são?

— São nove e trinta e cinco.

— Já acordou faz tempo?

– Levanto às oito.

– Até no domingo?

– Até no domingo.

– Preciso ir embora...

– Não antes de tomar café com a gente! Minha mãe já veio aqui cinco vezes saber se você tinha acordado.

– Com a gente quem? Seus pais? Eles estão aí?

– Estão, sim, meu pai acabou de levantar. E eu e minha mãe estávamos esperando você acordar.

– Ai, Arthur, por que você não me chamou?

– Não quis atrapalhar seu sono. A noite de ontem foi bem exaustiva.

– Que blusa é essa que eu estou usando?

– Ah, é minha! Estava frio e seu casaco estava encharcado. Aí coloquei em você essa blusa de frio.

– Obrigada. Onde fica o banheiro?

– À direita! Pode ficar à vontade, minha mãe colocou sua blusa de frio pra secar, mas acho que não deve estar seca ainda. Não parou de chover um minuto.

– Tudo bem! Eu nem sei como agradecer!

– Não precisa. Quando acabar, pode descer... Estamos à mesa te esperando!

– Ok!

Fui para o banheiro. Fiquei por um bom tempo me olhando no espelho. O meu aspecto era de quem havia levado um soco no rosto. Olheiras para tudo que é lado... Sentia-me horrível! E, meu Deus, não devia mesmo estar ali! Tomar café da manhã com a família do Arthur? A Carol e a Júlia morreriam se soubessem disso...

A seguir, me ajeitei o máximo que pude. Penteei os cabelos e usei umas coisas que, provavelmente, a mãe dele deixara de propósito para mim em cima da pia. E desci. Eu e minha cara de pau. Eu e minha coragem!

A mãe dele e ele estavam sentados à mesa. Arthur se levantou quando me viu descer. Vi que o pai dele vinha da cozinha.

— Bom, Luíza... Esta é minha mãe, Alice. E este é meu pai, Álan. Pai, mãe, essa é a Luíza. Quando vocês chegaram ontem, ela estava apagada. — Arthur sorriu para mim.

— Tem certeza de que ele não te deu nada pra tomar, querida? — dona Alice perguntou, sorrindo.

— É um prazer, Luíza, sente-se pra tomar café com a gente! — o pai dele falou.

— Olha, eu agradeço, de verdade, por tudo. Mas preciso ir, Arthur, minha mãe deve estar preocupada.

— Luíza, tudo bem. Sua mãe sabe onde você está! Coma primeiro, depois te levo pra casa.

Me sentei. Superconstrangida. Nunca havia passado por aquilo. Não sabia o que comer, o que dizer, como agir. Nada. Estava morrendo de vergonha.

— Então, Luíza, como está sendo a detenção com o Arthur? — Álan comentou.

— Ah, ele me enfiou nessa. Agora não tem jeito, não é? Tem que esperar acabar...

— Eu soube que o Arthur quase te matou — Alice disse, séria.

— Mãe?! — Arthur resmungou.

— Quero saber dela, filho! Você pode muito bem ter escondido os fatos pra que a gente não brigasse com você.

— Quase me matou? Quando? — perguntei, confusa.

— Deixou a bola de basquete bater em você! E você foi parar no hospital! É verdade?

— Ah! — Sorri. — É, sim! Ele me deu uma bolada! Mas foi sem querer...

— Ela é uma péssima jogadora!

— E ele é um péssimo dançarino!

— Andaram dançando? — o pai dele perguntou.

— Filho, você nunca me contou que dançava!

— Não dança! Ele é péssimo! — eu disse.

— Muito engraçadinha, você! Mas estamos quites — Arthur respondeu.

Eu já estava mais à vontade. Mas, mesmo assim, aquele não era meu lugar. Eles me trataram muito bem, porém eu não pertencia àquela cena familiar. Assim que terminei de tomar o café, pedi ao Arthur que me levasse para casa.

— Pode me levar agora? — cochichei para ele.

— Claro! — ele respondeu baixinho. — Bom, mãe, pai, vou levar a Luíza em casa.

— Ah, sim! Luíza, foi um prazer conhecer você! Pode voltar sempre que quiser, o Arthur fala muito bem de você — Alice disse, vindo me dar um abraço.

— E com razão! — Álan completou, também vindo me abraçar.

— Obrigada, gente, de verdade! Foi um prazer também! Tchau! — me despedi deles e saí.

Vi o Arthur fazendo careta; acho que eles tinham falado demais. Sorri só de pensar na situação.

Entramos no carro, então tive a oportunidade de fazer uma pergunta que me surgira ainda durante o café.

— Você fala de mim pros seus pais? — perguntei ironicamente.

— Tive que falar, não é? Você é minha companheira de detenção. Eles acharam estranho o fato de eu ter ido parar na diretoria.

— Você também fala pra eles o quanto eu sou ignorante, chata, idiota, e o quanto eu te xingo e brigo com você?

— Com certeza! Falo tudo! Porém, alguns detalhes eu mantenho em segredo... – Arthur diminuiu o tom da voz, e percebi que ele havia corado.

Eu também, da mesma forma, estava envergonhada.

– Arthur, eu nem sei como te agradecer, de verdade! Estou me sentindo bem mais leve depois de te contar tudo aquilo.

– Que bom que eu sirvo pra alguma coisa.

– Pouca coisa, mas serve. – Sorri.

– Amanhã, na escola, eu te entrego o casaco.

– Ok! Eu levo o seu também.

Ele parou o carro em frente da minha casa.

– Obrigada, de novo!

– Luíza, posso te pedir um favor?

– Claro! Se não for dançar tango ou jogar basquete comigo, pode!

Ele sorriu.

– Não, não é. Só uma coisa: se aquele imbecil te ligar, te procurar, qualquer coisa, por favor, quero que me avise na mesma hora. Pode ser?

– Ok! Vai ser meu anjo da guarda? – falei, olhando para minhas mãos.

– Sempre que precisar! – Ele puxou uma mecha do meu cabelo e colocou atrás da orelha.

– Mas que anjo da guarda mais desastrado, hein?

– Ninguém é perfeito! – Ele sorriu.

– Obrigada, capitão! Até mais! – Bati no ombro dele e saí do carro.

Depois do belo interrogatório que minha mãe me fez, subi e fui tomar banho. A única coisa que eu precisava agora era ajeitar as coisas dentro da minha cabeça. Estava tudo muito confuso. Muita informação! Muita!

Meu celular estava desligado; na verdade, tinha até medo de ligá-lo, só de pensar na quantidade de mensagens e ligações não atendidas que deveriam estar ali.

Depois do banho quente e demorado, troquei a bateria do celular, ligando-o em seguida. Havia sete ligações da Carol, duas do Pedro, cinco da Júlia e uma do Luan. Oito mensagens do tipo: *Amiga, onde você está? Como você está? Você está viva? Morreu? Responde, tá?* Enfim, até que tinham poucas perto do exagero das minhas amigas. Retornei a ligação para a Carol.

– Amiga, você me ligou?

– O quê? Te liguei? Já estava quase ligando pra polícia! Devo ter te ligado umas dez vezes, ninguém atendia o telefone na sua casa ontem à noite nem hoje de manhã. O que houve, hein? – Carol já estava quase me matando, mesmo pelo telefone.

– Calma! Calma! Eu estou bem, não houve nada de mais! A bateria do meu celular acabou... E eu não estava em casa ontem à noite.

– Você disse que não iria sair... O que aconteceu?

– O Lucas me procurou ontem à noite de novo.

– Luíza, isso tem que acabar, não pode ficar assim. Eu...

– Calma, Carol, você pode esperar eu terminar?

– Fala!

– Eu fui comprar um lanche na hora da chuva, quando de repente o Lucas me parou na rua, fazendo o maior drama. Ameacei gritar e fazer escândalo caso ele não me soltasse. Ele não me soltou. Chutei a perna dele e saí correndo. Antes de continuar, você me promete que não vai fazer escândalo com o que eu vou te contar a partir de agora? – perguntei, já sabendo a resposta.

– Prometo, Luíza. Prometo! Fala logo!

— Liguei pro Arthur, desesperada de medo. Ele foi me buscar. Não consegui pensar em mais ninguém que pudesse me ajudar no estado em que eu estava.

— Hum, e ele foi?

— Foi na mesma hora! Me buscou e fomos pra casa dele conversar... Ele pediu pra que eu contasse. E eu contei tudo pra ele.

— Sobre o Lucas?

— É! Fiz mal? — Fiquei tensa.

— O quê? Claro que não, Luíza, até que enfim, não é? Eu já havia dito que ele precisava saber disso! E o que ele disse?

— Que o Lucas nunca mais vai tocar um dedo em mim. Ele me prometeu. Mas tem mais uma coisa...

— Ai, meu Deus! Que lindo! Espera, vou ligar pra Júlia, vou colocar ela na linha. Calma aí!

Esperei um tempo. Sabia que ela faria isso. Nem tinha contado a pior parte ainda. Mas eu sabia que podia confiar nelas, pois elas queriam a minha felicidade, mais do que eu, até.

— Pronto, cheguei! Pode contar, Lu, já soube que você contou pro Arthur e que foi à casa dele... E...? O resto? — Júlia disse, empolgada.

— Estava muito nervosa, chorando muito. Vocês sabem como eu fico quando toco nesse assunto.

— Sabemos! — as duas falaram juntas.

— Então... acabei adormecendo no ombro dele. — Devia estar roxa de vergonha nesse momento.

— Você o quê? — Carol gritou.

— PARA TUDO! Que lindo! Você ficou nos braços dele? Conta, Luíza! — Júlia gritava também.

— Se vocês deixarem, eu conto! — Eu não sabia onde enfiar minha cara.

— Então, fala! — Carol encerrou a discussão.

– Quando acordei, já era de madrugada. Ele já havia avisado minha mãe que eu estava lá. Dormi até de manhã e tomei café lá. Conheci os pais dele... Foi isso!

– Não sei o que dizer – Carol comentou.

– Nem eu. Estou pasma! – Júlia respondeu em seguida.

A única coisa que eu poderia fazer era sorrir. Agora podia rir da situação; ontem, porém, não havia espaço para sorrisos.

12

Por causa do amor

Na segunda-feira fui para a escola como se nada tivesse acontecido durante o fim de semana. Tudo normal e entediante, ou melhor, o mundo estava igual; eu, porém, me sentia mais aliviada, conseguia respirar com mais facilidade.

Fui direto para a sala de aula. Só eu e a Júlia havíamos chegado. Estávamos conversando e rindo quando bateram à porta pedindo licença.

– Com licença, meninas, vim entregar o que te pertence, Luíza! – Arthur falou, lançando um sorriso para mim.

– Ah, sim, eu esqueci a sua. Posso te entregar depois da aula?

– Pode ficar com ela, se quiser...

– Não, obrigada! Não sou jogadora de basquete! Nem gosto de jogadores... – Sorri para ele.

– Bem, era a blusa mais quente que eu tinha pra te emprestar. Você estava tremendo de frio, senhorita; só quis ajudar, chatinha!

– Ok, perdoado! Obrigada mesmo assim, capitão!

Quando fui pegar a blusa de suas mãos, ele a reteve:

– A propósito, seu perfume é ótimo! – Ele cheirou a blusa, jogando-a para mim em seguida.

No mesmo instante, fiz uma careta e bati com a blusa nele. Ele saiu rindo da sala.

— *Oh, my God!* Luíza, Luíza, Luíza! Ele sentiu seu perfume! Que romântico! — Júlia não se continha.

— Que romântico nada, é claro que ele iria sentir meu perfume. Minha blusa ficou com ele... Você e a Carol são muito exageradas.

— Mas ele não precisava fazer esse comentário.

— É! Realmente não precisava. Vocês não veem que é tudo implicância dele? Só eu vejo isso?

— Luíza, uma pessoa que te leva pra passear de lancha, que te faz dormir, está de implicância com você? *Hello*, minha amiga, precisamos de um terapeuta!

Eu sorri meio irônica para ela. Carol entrou na sala com outras alunas. Júlia contou o acontecido para ela e eu fiquei lá sentada, fingindo que não falavam de mim. Eu estava com medo, de verdade, da hora do intervalo. Não sabia qual seria a reação do Arthur ao se deparar com Lucas depois de tudo que tinha contado. Se houvesse algum tipo de confusão, eu seria a culpada.

Quando o sinal tocou, meu coração acelerou. Fiquei sentada no pátio com a Carol e a Júlia, atenta a qualquer movimento estranho. Quando o Arthur chegou ao pátio com os outros meninos e viu o Lucas, seu comportamento me pareceu assustador. Ele agiu como se não soubesse de nada. Com toda a certeza, achei extremamente maduro da parte dele agir daquela forma. Preciso admitir: fiquei encantada com isso! Imaginei que, pela reação dele ao ouvir minha história, ele fosse querer matar o Lucas. Não duvidava da vontade dele de querer matá-lo, mas sua postura mostrava o contrário; ele manteve o autocontrole intacto. Eu, ao contrário, não conseguia ser assim...

Três dias se passaram. Minha mãe ficou me fazendo perguntas e mais perguntas sobre os últimos acontecimentos. Contei para ela que Lucas vinha me seguindo; no mesmo instante, ela quis falar com os pais dele de novo, mas não deixei. Não agora! Achei melhor esperar...

Contei também sobre Arthur. Como de costume, ela ficou um pouco apreensiva. Minha mãe sempre fica com o pé meio atrás em relação a qualquer garoto que se aproxima de mim – e com razão! Ela havia passado muito tempo do meu lado no hospital! Eu e Arthur estávamos cada vez mais próximos. No fundo, tinha certeza de que ele era o que faltava em minha vida.

Mais uma vez, era dia de arrumar o auditório; o festival estava próximo e aquele lugar nunca fora tão visitado. Normalmente, os alunos preferiam a quadra ao auditório, mas agora tinham motivos para ficar por lá. Eu e Arthur assistimos ao último ensaio da manhã, que era da Carol e do Pedro. Enquanto eles pegavam o material e se ajeitavam para ir embora, eu e Arthur fomos falar com eles.

– Não é que você leva jeito pra coisa? – Arthur implicou com Pedro.

– Não começa! – Pedro parecia envergonhado.

– O que você acha, Lu? – Carol perguntou, quase sem fôlego.

– Lindo, Carol, você e o Pedro fazem um belo par de dançarinos de tango – ironizei.

Eles sorriram.

– Bom, vamos deixar vocês dois a sós – Pedro devolveu na mesma moeda. Se é que havia sido justo.

– Claro... Precisamos nos concentrar pra limpar a sujeira que os pés de vocês dois deixaram por aqui – Arthur não deixara por menos.

Carol jogou um beijo e logo os dois saíram. Enfim, ficamos eu e Arthur, sozinhos.

— E então, vamos começar? — Arthur interrompeu o silêncio.

— Claro! Vamos!

— Luíza, não vai fazer nada no festival?

— Não, aliás, acho que vou...

— Por quê? É tão divertido! Vai perder o Pedro dançando tango? Eu não faria isso...

— Pode ser que eu venha! Agora, nem morta eu participo.

— E se fizesse algo comigo?

— Você está passando bem?

Só me faltava essa agora! Fiquei muito surpresa com aquele comentário.

— É sério! Você não estaria no palco sozinha; eu poderia te ajudar! O que acha?

— Claro que não! Não vou fazer isso. Nem com você nem com ninguém!

— As pessoas sentem falta da Luíza de alguns anos atrás.

— A Luíza de alguns anos atrás não existe mais. Ela morreu. — Meus olhos lutavam contra as lágrimas que queriam sair. Não faria aquilo de novo.

Arthur largou o que estava fazendo, parou na minha frente e segurou meu rosto com as mãos.

— Não morreu, não, ela está aí dentro, adormecida. E o festival é uma boa oportunidade pra provar isso a você mesma, e pra quem estiver olhando.

— E se eu não quiser que ela acorde?

— Você não tem que querer. Uma hora ela vai acordar, você querendo ou não. — Nesse momento, ele jogou um pano no meu rosto. — Vamos voltar ao trabalho!

Pensei nas últimas palavras que Arthur me dissera. *Adormecida...* Será?

Vinte minutos depois, estávamos rindo e envolvidos nos assuntos de costume. Espontaneamente, resolvi perguntar uma coisa.

— Arthur, se eu dissesse que sim, que faria algo com você no festival. O que faríamos? — perguntei por pura curiosidade, afinal, não fazia ideia do que ele tinha em mente.

— Não havia pensado nisso!

— Eu sabia! Convite por educação! Entendo muito bem disso...

— É claro que não! Não foi só por educação, Luíza, eu não pensei em algo que pudéssemos fazer juntos. Eu não sei dançar, você sabe disso.

— Certamente!

— Não sei tocar piano...

— E cantar? Sabe?

— Todo mundo sabe, mas não sei se consigo cantar; bem, afinado, bonito. Mas cantar eu sei.

— Podemos tentar?

— Claro! Que música?

Sentei-me ao piano; isso seria engraçado! Muito engraçado!

— Que tal "Garota de Ipanema"? Conhece a letra, não é?

— Claro! Quem não conhece?

— Então, vamos, veja se o tom está bom! — Dei a nota. — Está bom?

— Pode subir mais um pouco!

— Tem certeza? — perguntei, já segurando o riso. — Você aguenta?

— Não duvide de mim, Luíza! Sobe mais um!

— Você é quem manda! — Subi. Achava um pouco alto para uma voz masculina, mas já que ele insistia. — Quem começa? Eu ou você?

– Como preferir...

Resolvi começar, para prevenir.

– *Olha, que coisa mais linda, mais cheia de graça, é ela menina que vem e que passa no doce balanço a caminho do mar...* – Olhei para ele dando a deixa para começar.

– *Moça do corpo dourado do sol de Ipanema, o seu balançado é mais que um poema, é a coisa mais linda que eu já vi passar...* – Ele sorriu e se recostou ao piano.

A voz dele era encantadora! Naquele momento, ele deixou de ser, definitivamente, apenas um jogador idiota para mim. Ele era uma caixinha de surpresas.

Ah, porque estou tão sozinho
Ah, porque tudo é tão triste
Ah, a beleza que existe
A beleza que não é só minha
Que também passa sozinha
Ah, se ela soubesse
Que quando ela passa
O mundo inteirinho se enche de graça
E fica mais lindo por causa do amor
Por causa do amor

A minha voz e a dele combinavam indiscutivelmente. Um encaixe perfeito de timbres, tons e notas. Então, percebi que aquele vazio que havia em mim poderia ser preenchido por ele! O *meu mundo se encheria de graça* e ficaria, com toda a certeza desse mundo, muito, muito mais lindo com ele.

— Então? — Arthur quebrou meu silêncio.

Não sabia o que responder. Não poderia dizer tudo o que estava pensando, é claro! Ele não podia saber disso assim, dessa forma.

Ele levantou do piano e se sentou ao meu lado.

— Luíza? — perguntou, passando, em seguida, a mão por cima das teclas do piano, até encostar na minha, tirando-a no mesmo instante.

— Desculpe!

— Canto tão mal assim?

— O quê? Arthur, eu... De verdade... Eu... Não faço ideia... Não sei como nem o que te dizer. Eu... não sei. Juro!

— Não vou ficar chateado! Pode falar a verdade! Gostou ou não?

O rosto dele estava bem próximo do meu. Minha boca pedia a dele. Mas não iria fazer isso; negaria todas essas minhas vontades. Pelo menos por enquanto. Encostei minha testa na dele, e senti que ele fechou os olhos. Um turbilhão de sensações passou pela minha cabeça. E só consegui dizer:

— Lindo! Foi lindo! — Afastei meu rosto do dele. — Eu aceito! Vamos cantar no festival!

Assustada, me levantei.

— Sério? Vai querer cantar comigo?

— Eu é que pergunto!

Arthur me puxou pelo braço e me rodou. Parecíamos até crianças. Ele me fazia bem. Muito bem. Não sei o que me levou a fazer aquela loucura. Mas é claro que nossa alegria durou pouco, pois o zelador apareceu no auditório.

— Já acabaram o serviço? Devem ter acabado... Estão os dois sem fazer nada!

— Já acabamos, sim. Praticamente — respondi.

— Bom, então já podem ir.

Pegamos nossas coisas e saímos rindo do auditório. O zelador era uma figura e tanto. E ele fazia parte da nossa vida. Lembro-me do dia em que ele nos encontrou no almoxarifado. Tinha sido a coisa que eu mais detestei no momento, me consumia de tanta raiva! E agora estava ali, apaixonada pela pessoa que me deixara presa na detenção da escola. Como a vida era hilária. Arthur me levou para casa; tentávamos entrar em acordo com relação a uma música, mas parecia difícil. Resolvemos deixar para mais tarde. Ele me buscaria de noite para escolhermos a canção.

Quando cheguei em casa, minha mãe servia o almoço na mesa.

— Até que enfim; já estava quase indo atrás de você! — ela comentou sorrindo.

Minha mãe quase nunca estava de bom humor, então, quando ela sorria assim, era bom aproveitar.

— Continuo ficando depois do horário na escola, você sabe, mãe!

— É! Eu sei. Vamos almoçar logo... Filho, vem! — minha mãe gritou para o meu irmão.

Eu estava até estranhando aquela paz toda. Parecia que alguém tinha algo para me contar e estava me preparando. Que incrível! Eu também tinha algo para contar.

— Nossa, lasanha? Tem algo especial hoje que não estou sabendo?

— A mãe tem! — meu irmão resmungou.

— Tem? — perguntei.

— Filha, eu queria te falar uma coisa. Mas estava esperando a oportunidade certa... — E tinha acertado, eu estava de bom humor.

— Diga!

— Então, é que eu... Eu... Assim... — Se minha mãe gaguejava é porque lá vinha bomba!

— Fala logo, mãe!

— É que conheci uma pessoa. E queria que vocês conhecessem... Seu irmão também não conhece.

— A senhora está namorando? — Fiquei pasma.

— Não, não exatamente. — Ela tossiu. — A gente está conversando, mas é claro que antes de qualquer coisa eu quero que o conheçam. Vocês sabem que ninguém vai tomar o lugar do pai de vocês, não sabem?

— Mamãe, eu e o Edu já somos bem grandinhos pra entender isso. Não é, Edu?

— É claro! Só não sei se o Fred vai entender... — Meu irmão olhou para o chão. Fred estava deitado nos pés dele. O cachorro era tão comportado que era praticamente invisível, coitado!

— Qual o nome dele, mãe? — perguntei, curiosa.

— Miguel.

— Bonito o nome. E como ele é? — A curiosidade me consumia.

— Ah, filha... — Ela ficou sem graça. — Vocês vão conhecê-lo... Vamos marcar um dia pra ele vir aqui.

— Então, já que hoje é o dia de contar as coisas, também queria te contar uma! — disse, aproveitando o momento.

— Tá namorando também? — Edu perguntou num tom jocoso.

— Que namorando... Nada disso! É algo muito melhor! — Nem era tanto assim.

— Então fala, filha!

— Vou tocar no festival da escola. Vou voltar a tocar.

— Sério? Que ótimo, Luíza — minha mãe expressou sua enorme felicidade.

— Você parou de tocar algum dia? — perguntou meu irmão, sempre irônico.

— Edu? — minha mãe o advertiu.

— Só estou brincando, mãe! Senti falta daquele barulhinho enjoado. Que bom que voltou, Lu!

— E tem outra coisa... — revelei.

— Ih... — Edu não perdia o bom humor.

— Um amigo meu vai cantar comigo, então, hoje eu vou à casa dele ensaiar.

— Sabia que tinha homem envolvido! — Meu irmão era mais esperto do que eu pensava.

— Para, Edu! Por favor! Quem é ele, filha?

— O meu colega de detenção, Arthur. Fiquei na casa dele aquele dia, lembra?

— Ah, sim, a mãe dele me ligou. Mas não pode ensaiar aqui, filha?

— Pode, mas a gente vai escolher a música. Depois marcamos os ensaios aqui pra casa, pode ser?

— Ótimo!

— Eu estou ferrado então, não é? — Edu perguntou com a boca cheia.

— Por quê? — eu e minha mãe falamos juntas.

— As duas mulheres da minha vida, sob minha responsabilidade, namorando...

Não sabia se ria ou se me defendia.

— E quem tá namorando aqui? Só a mamãe, chefinho... — zombei.

— Ih, vamos almoçar em paz, por favor? Nada de confusão!

Almoçamos em paz. Pelo menos isso! Minha mãe bem-humorada é igual a todas as pessoas felizes e bem-humoradas. Exceto eu. Quando estou brava, ela pode se fantasiar de palhaça na minha frente que não faz diferença alguma. Até o Fred parecia feliz. Homens: mau com eles, pior sem eles.

Essa frase é uma mentira para mim, mas tudo bem. Pelo menos, um homem de verdade, dentro de casa, ajudaria a mamãe com seus complexos e maluquices. Se ela ficasse sempre de bom humor daquele jeito, estaria tudo ótimo! Na mais perfeita tranquilidade.

A noite chegava e eu precisava me arrumar para ir à casa do Arthur. Ainda não havia contado para ninguém que iria participar do festival. Queria que fosse uma surpresa para as meninas. Tinha certeza de que elas ficariam satisfeitas!

Desliguei o celular assim que entrei no carro do Arthur; não queria ter que mentir para elas, então era melhor deixar desligado, já que minha mãe sabia onde eu estava.

— E então, pra onde vamos? – perguntei.

— Na minha casa tem um piano, mas eu pensei em irmos à lancha; talvez lá haja mais inspiração.

— Por mim, tanto faz. O que faz a inspiração acontecer somos nós... Ela vem de dentro da gente!

— É claro! Mas um lugar bonito ajuda em muita coisa...

— Com certeza!

Sorrimos. A cada novo encontro com o Arthur, eu percebia que parávamos de brigar e discutir. Isso era um bom sinal, não era?

Fomos até a praia. Decidimos não andar de lancha; optamos por dar uma volta na areia, já que estava um pouco frio e a praia estava meio deserta.

— Que tipo de música você prefere cantar no festival?

— Ah, nada muito agitado! Gosto de sentir as notas leves do piano... E uma música agitada não me permitiria isso... – Sorri.

— É! Uma música lenta, então...

Andamos um pouco, até que paramos e nos sentamos na areia.

— Você não vai acreditar na notícia que recebi hoje! – comentei.

— Nenhuma tragédia, espero?

— Depende do seu ponto de vista!

— Diga!

— Minha mãe... Ela está namorando! Acredita nisso?

— Sua mãe? Que legal, Luíza! Primeiro que você...

— Foi uma piada? – debochei.

— Brincadeira. Quem é o cara?

— O nome dele é Miguel. Ainda não conheço. Ela disse que ele é médico, neurocirurgião.

— Legal! Quando você vai conhecer?

— Ainda não sei, ela vai marcar um dia.

— Que bom que ela está feliz, não é?

— É! O meu pai faz muita falta pra ela... Não só pra ela! Mas acredito que, se der certo com esse Miguel, vai ser bom! Torço pra isso!

— Eu também! E o Lucas? Ele te procurou?

— Graças a Deus, não! Acho que ele vai dar um tempo...

— Espero.

— Ai, esse lugar me faz tão bem! O barulho das ondas... tudo! – Respirei fundo e me sentei na areia.

— É verdade... Aqui é lindo mesmo! – Arthur se sentou ao meu lado.

Ficamos quietos durante uns minutos, olhando para o céu, fitando o horizonte. Como as coisas tinham acontecido tão rápido assim?

— Já sei a música! – Dei um pulo.

— Qual?

— *Ouvi dizer que você está bem, que já tem um outro alguém. Encontrei moedas pelo chão, mas não vi ninguém pra abraçar, me dar a mão* – cantarolei.

Essa era a minha música preferida da diva Ana Carolina. A letra era extremamente profunda além de sincera.

— *Eu chorei sem disfarçar quando vi o seu carro passar. Vi todo amor que em mim ainda não passou e eu já não sei bem aonde vou, mas agora eu vou* – Arthur continuou.

Depois de um breve silêncio, prossegui.

— *Tentei falar, mas você não soube ouvir, tente admitir! Tentei voltar e pude ver o quanto errei. Te amei mais que a mim. Ah, bem mais que a mim! Mais que a mim...* – Fiquei de frente para ele, sem querer ou pela vontade emitida pelo meu inconsciente. Estava paralisada.

— Linda! – ele sussurrou.

— Também adoro essa música... – falei.

— Não, linda é você!

Paralisei de vez. Não sabia o que fazer. E não, não podia beijá-lo novamente. Não por enquanto! Quando ele já estava perto demais, eu saí.

— Então, a música está escolhida? – perguntei.

— Claro! Por mim, essa está ótima! Sabe tocar?

— Sei! A gente pode ensaiar lá em casa amanhã, o que você acha?

— Pode ser! Luíza, você está com fome?

— Só um pouco, por quê?

— Gosta de camarão?

— Adoro!

— Então, vamos...

Ele segurou minha mão e saiu me puxando para um restaurante na frente da praia, onde só faziam pratos à base de camarão.

— Arthur, não precisa disso! Eu como em casa...

— Tem camarão lá?

— Não!

— Então, vamos sentar e comer!

Jantamos no restaurante. Conversamos e rimos muito. Arthur se tornava uma companhia agradabilíssima, exceto quando, de uma forma ou de outra, surgia um clima meio estranho entre nós.

Quando cheguei à minha casa, minha mãe estava acordada e pendurada ao telefone, provavelmente com o tal do Miguel. Ela me deu um tchauzinho com a mão e eu subi para o quarto. Não ia aguentar por muito tempo. O Arthur me deixava tão atordoada que não conseguia controlar meus impulsos e vontades. Aquela noite foi longa. Uma das mais longas da minha vida.

13

Novidades

Na escola eu fazia uma enorme força para não falar com as meninas sobre o festival. Inventei desculpas esfarrapadas para elas acreditarem no porquê de o celular estar desligado na noite anterior. Contei para elas do namoro da minha mãe, para mudar de assunto. Elas ficaram tão felizes que queriam ir à minha casa dar os parabéns para a "tia". Amigo que é amigo chama a sua mãe de tia. Isso é fato!

O resto do dia transcorreu normalmente, sem nenhuma surpresa. Ultimamente, meus dias estavam cheios demais. Cheios de novidades. Mas, naquele dia sem novidades, estava para acontecer a maior de todas.

Enfim, à noite, minha mãe havia saído com Miguel, com a desculpa de que marcaria um dia com ele para que pudéssemos conhecê-lo. Meu irmão foi para a casa da "amiga" dele estudar. Eu conhecia bem a voltinha do pé do meu irmão. Espertinho demais! Avisei minha mãe de que o Arthur iria lá em casa, e ela não quisera desmarcar com o Miguel mesmo assim. Então, ficaríamos sozinhos. O que não era nada bom. Ele chegou na hora marcada, novamente.

— Pode entrar, fique à vontade, capitão! — falei quando abri a porta para ele.

— Obrigado! Sua casa é linda!

— Obrigada. Meu pai era arquiteto. Pode sentar, quer água? Refrigerante? Alguma coisa?

— Não, obrigado! Cadê sua mãe?

— Ela saiu com o "Miguel" — ironizei. — Agora ela só quer saber dele...

— Nada de ciúmes pelo amor de Deus, Luíza!

— Ciúme da minha mãe? Nunca! — afirmei, sentando-me perto dele.

— Já que você vai tocar, eu trouxe a letra!

— Ajuda bastante! Podemos começar?

— Claro! Onde fica o piano?

— Meu pai fez um estúdio quando eu era mais nova; meu piano fica lá. Limpei ele hoje; você não faz ideia da quantidade de poeira que tinha.

— Imagino.

Levei Arthur para o estúdio. Ele ficou encantado com tudo que meu pai havia feito. Perguntou várias coisas, sobre os desenhos na parede, sobre os instrumentos — queria saber de tudo.

— Agora vamos começar. Chega de conversa! — ele falou.

— Vamos, então!

Sentei-me ao piano. Quanto tempo fazia que eu não encostava as mãos nele? Uma espécie de nostalgia invadiu minha mente. Demorei para conseguir respirar sem dificuldade. Meu coração acelerou.

— Você está bem?

— Claro! Vamos lá. Quem começa?

— Pode ser você!

– Vou começar, então!

Toquei. Cantei. Cantamos. Havia uma harmonia tão grande quando nossas vozes se encontravam! Era um conjunto de sensações distintas. Impressionante! Era lindo! Ficamos ali por uma hora e meia, acertando o que podíamos e tentando chegar aonde queríamos. Mas, como não podíamos forçar nossa voz durante muito tempo, resolvemos parar.

– Acho que por hoje já está bom, não é? – perguntei.

– É! Acho melhor pararmos por aqui.

– Descanso!

Sorrimos e voltamos para a sala. Resolvi mostrar meu quarto para o Arthur, afinal, eu já conhecia o dele. Ele ficou parado olhando as fotografias no mural, fotos com as meninas, com o Pedro, o Luan, fotos com meu cachorrinho, Fred, meu irmão, meu pai, minha mãe. Ali estava um pouquinho das minhas lembranças – recordações que queria guardar pelo resto da vida.

– Só falta uma foto comigo agora.

– Pra que eu quero uma foto com você? – debochei.

– Porque eu sou seu parceiro de detenção e você jamais vai se esquecer de mim. – Ele apertou a minha bochecha e se sentou na cama.

– Até que é confortável.

– Por quê?

– Achei que dormir mal era seu motivo pra ir à escola com aquele mau humor aterrorizante!

– Larga de ser implicante, garoto!

– Vem, senta aqui, vamos tirar uma foto pra você colocar no seu mural.

– Já disse que não quero foto com você.

– Anda, Luíza!

Sentei-me ao lado dele, ele colocou um dos braços em volta do meu pescoço e com o outro segurou o celular.

— Sorria! Seja simpática pra câmera! — ele disse.

Fiz careta assim que ele bateu a foto. Ela saiu engraçada, mas ficou bonita.

— Vou revelar e te dou de presente!

— Por mim, pode ficar pra você! — impliquei. Era muito prazeroso fazer aquilo.

Ele jogou uma almofada em mim, e eu, como resposta, o empurrei da cama. Ele caiu e me levou junto. Parei exatamente onde não deveria. De frente para ele. Correndo todos os riscos que não queria correr... Havia passado a noite inteira me policiando para não demonstrar de forma alguma o que acontecia dentro de mim, e agora aquela situação levava meus planos por água abaixo. Assim, tão próxima dele, não conseguia negar meu desejo.

— Posso te dar um beijo? — ele sussurrou.

Não tinha resposta. Simplesmente deixei...

Minha vontade era de nunca mais parar. Foi o melhor beijo que havia recebido até aquele dia. Intenso. Firme. Quando acabou, ele me olhou profundamente.

— Obrigado!

Ele conseguia me desarmar. Conseguia desfazer todas as minhas defesas. As muralhas que havia construído ao meu redor durante todo aquele tempo ele simplesmente quebrou, destruiu em pouco tempo. Quando estávamos chegando na escada para descermos para a sala, eu não aguentei, já havia me segurado por bastante tempo.

— Arthur... Espera! — Ele se virou para mim. Estava lindo daquele jeito. Lindo demais!

— Oi! — respondeu com um sorriso no canto da boca.

— Pode me dar mais um beijo? — Minha cara foi no chão.

Ele se aproximou, segurou minha cintura e disse:

– Quantos você quiser!

Mais uma vez, ele me beijou. Ficamos ali, parados na escada durante algum tempo. Eu e ele não conseguíamos nos largar. Era uma espécie de ímã. Algo me prendia a ele. Até que, como sempre, alguma coisa tinha que acontecer, estragando tudo. O celular dele tocou.

– Desculpe, preciso atender, é minha mãe! – Ele me soltou e pegou o celular. – Oi, mãe! Não, não, eu já tô quase acabando aqui. Está bem! Passo lá pra senhora. Pode deixar! Beijo, tchau! – Ele desligou e olhou sério para mim. – Ela te mandou um beijo.

– Quando chegar à sua casa, diga que mandei outro.

– Você não quer me dar ele de presente? Ela não vai se importar, juro! – Sorriu e me deu outro beijo. Esse demorou mais tempo.

Muita coisa estava passando pela minha cabeça. Eu não queria ter que voltar à realidade. Lucas... Ele não podia nem sonhar com aquilo! A campainha tocou.

– Quem deve ser? Não estou esperando ninguém!

Descemos. Arthur se sentou no sofá e eu fui abrir a porta.

– Amiga! – disseram Carol e Júlia ao mesmo tempo, e logo foram entrando.

– Carol? Ju?

– Arthur? – as duas falaram juntas, e ficaram paralisadas durante uns segundos.

– Oi, meninas.

– O que você está fazendo aqui? – Carol perguntou.

– É... Eu...

– Ele veio buscar o casaco dele. Falando nisso, sentem aí, meninas. Eu vou ali buscar seu casaco, Arthur, já volto.

– Ok!

Subi correndo as escadas, ainda bem que tinha me lembrado do casaco. Elas não podiam desconfiar de nada. Pelo menos, não da música. Peguei o casaco, desci o mais rápido possível.

– Aqui, obrigada, capitão! Não vou usá-lo novamente.

– Ele serviu pra alguma coisa, pelo menos, então não reclame. – Arthur se levantou. – Então, já vou indo. Tchau, meninas!

– Tchauzinho! – Carol se apressou em responder.

– Até amanhã! – Júlia disse em seguida.

– Vou levá-lo ali fora, podem subir, já estou indo lá! – falei, tentando disfarçar.

Tomei o cuidado de verificar se elas haviam subido de verdade, então eu e Arthur saímos.

– Por pouco!

– Ainda bem que sou muito inteligente e me lembrei desse casaco!

– É verdade! Eu ia me complicar todo...

Sorrimos.

– Então... – Arthur falou.

– Então...

– Amanhã na escola marcamos outro ensaio?

– Pode ser!

– Então...

– Então, tchau! – Estendi a mão para ele.

Arthur puxou meu braço e me deu um beijo no canto da boca.

– Até amanhã, Luíza! – ele exclamou, já dentro do carro, saindo logo em seguida.

Agora teria que enfrentar minhas amigas e suas infinitas perguntas. Interrogatório total! Não tinha para onde fugir, a não ser que trancasse as duas no meu quarto e colocasse fogo na casa. Não, isso estava fora de cogitação!

— Luíza Bedim! Agora! Que beijo de despedida foi aquele? — Júlia fez uma cara de espanto.

— Beijo? Vocês estavam me espionando?

— Anda, isso não importa agora! Queremos saber tudo! Conta! — Carol pedia, empolgada.

Sentamos na cama.

— Eu fiquei com ele... De novo!

— Ai, meu Deus! Conta tudo, amiga.

— Ele veio aqui buscar o casaco, e a gente lá conversando, aí ele me pediu um beijo, e eu dei. — Detestava falar sobre isso, mas com elas não tinha como evitar.

— Vocês estão juntos, então? — Júlia perguntou, apressando as coisas.

— Não, claro que não!

— Que lindo, Luíza, ele foi fofo com você? — Carol não conseguia controlar a ansiedade.

— Depende do que é ser fofo pra vocês!

Acabei mudando de assunto, falando da minha mãe e do tal namorado. Quando minha mãe chegou, foi a maior festa! Elas brincaram, implicaram com ela. Conversaram sobre o Miguel... E eu com a cabeça longe dali. Em outro lugar. Em outro nome.

No dia seguinte, na escola, fiquei quieta a maior parte do tempo no primeiro horário. Minha mãe havia marcado um passeio. Eu, ela, meu irmão e o Miguel sairíamos juntos no sábado para ela apresentá-lo. Estava me preparando. Era estranho ver minha mãe com outro homem. Apesar de me parecer bom, teria que me acostumar.

Quando a Carol e a Júlia me perguntaram sobre meu silêncio, disse que era esse o motivo. No intervalo, sentei sozinha em um banco no pátio enquanto as meninas estavam na fila da cantina. Estava sem fome, então, fiquei esperando. Uns dois minutos se passaram comigo ali sozinha, até que uma menina branquinha de cabelo loiro, da sala dos meninos, veio em minha direção. Não lembrava o nome dela, só sabia que era da turma do Arthur.

— Luíza? — ela me chamou.

— Oi!

— Pediram pra te entregar isso aqui. — Ela me entregou um embrulho vermelho e pequeno. Havia algo dentro.

— Obrigada!

— De nada — ela respondeu e saiu.

Achei aquilo estranho; só podia ser o Lucas aprontando alguma. Abri com cuidado. Dentro daquela caixa havia outra caixinha vermelha retangular. Abri devagar e fui tirando os papéis que estavam dentro. Em cada um deles havia algo escrito. Fui lendo.

Luíza... você... aceita... ser... minha... capitã?

Paralisei. Quando tirei o último papel, vi que dentro da caixinha havia uma rosa vermelha. Fiquei sem ação. Quando a segurei, vi que na caixinha estava escrito: *Capitão Arthur*. Como assim, ser *capitã* dele? Tentei me levantar, mas minhas pernas tremiam. Continuei sentada, até que as meninas voltaram.

— O que houve, Lu? Você está pálida! — Carol perguntou, até se esquecendo do seu lanche.

— Luíza? — Júlia voltou a perguntar.

— Podemos ir para a sala? — pedi.

— Claro, vamos! — Júlia me puxou pelo braço e fomos para a sala. Não imagino que alguém tenha notado minha expressão de susto, mas, se tinha notado, também não importava. Estava realmente assustada.

Quando chegamos à sala, elas começaram com as perguntas.

— Calma, eu vou mostrar! — peguei o embrulho e fui tirando tudo novamente, devagar, para que elas pudessem ler.

— Capitã? — Júlia perguntou sem entender nada. — Ele quer que você jogue basquete?

— *Oh, my God! Oh, my God!* — começou Carol em tom de desespero. — Ele está te pedindo em namoro, Luíza? O Arthur quer que você seja a namorada dele... Luíza! Luíza! — E o escândalo prosseguiu.

— Calma, gente, pelo amor de Deus! Minha cabeça parece que vai explodir! — pedi, sem entender nada.

— O que você respondeu? — Júlia se apressou.

— Nada, nem deu tempo! Eu preciso pensar, não é assim!

— Luíza... para! Não começa, hein?! Pensar em quê? Por Deus, não é? — Carol estava inconformada.

— Aqui tem mais um papel, Lu, olha! — Júlia o tirou do embrulho. Peguei para ler.

— Passo na sua casa às oito! — li.

— Pra onde será que ele vai te levar? Ai, meu Deus! — Carol estava realmente empolgada.

— E se minha resposta for não?

— Luíza, duas coisas. Primeira: ele não disse "se a resposta for sim passo na sua casa às oito". Então, ele quer te ver, independentemente da sua resposta. Segundo: sua resposta não vai ser não! Assume logo que você tá mexida com isso tudo... — a voz de Júlia se tornou grave.

— Sim, estou mexida! Mas não é assim: vamos namorar e pronto! Que ideia! Tem que ser devagar!

— Você está devagar demais! A escola inteira corre atrás dele. E ele quer você! Acorda, viu?! — Carol já estava nervosa. Percebi pelo tom de voz.

— Eu decido o que vou fazer e, quando chegar em casa, conto pra vocês. Ok?

— Promete? — Júlia permanecia séria.

— Claro! Ligo assim que chegar do meu... encontro? — perguntei.

— É! Encontro! Que lindo! — Júlia parecia mais empolgada do que eu.

A atitude do Arthur me pegou de surpresa. Não esperava aquilo dele. Não naquele momento. Como era sexta-feira, não precisávamos ficar para a detenção. Pelo menos iria conseguir pensar sem olhar na cara do Arthur.

Fui para casa e almocei ouvindo minha mãe falar sobre os preparativos para a apresentação do Miguel. Aonde iríamos, como iríamos etc. Avisei que ia sair à noite, ela não reclamou. Estava boazinha demais.

Pensei em um milhão de desculpas para dar ao Arthur e não ir a esse encontro. Inventei coisas e mais coisas para dizer, mas acabou que, quando se aproximava a hora, me arrumei para ir.

Coloquei e troquei de roupa um monte de vezes. Prendi e soltei o cabelo. Tirei e coloquei cordões e brincos. Até que achei uma roupa que ficasse boa. Me vesti, passei perfume, maquiagem. E fiquei esperando dar oito horas.

Quando ele chegou, desci e dei tchau para minha mãe, e ela, como sempre, disse a famosa frase: "Juízo, hein?!". Quando saí de casa e dei de cara com o Arthur encostado na porta do carro, meu coração congelou. Ele abriu a porta em silêncio, e eu entrei. Parecíamos múmias, ele com um sorriso tentador no rosto, provavelmente pelo meu ar de constrangimento.

— Pra onde vamos? — quebrei o silêncio.

— Você vai ver...

Chegamos em uma espécie de torre; nunca tinha ido lá. Era um lugar no alto de uma montanha, digamos que eu não goste muito de altura, tenho um certo trauma. Paramos perto da torre e descemos do carro. Vimos dois casais descerem de lá; pelo jeito, não havia mais ninguém naquele lugar. Subimos as escadas, ele sempre segurando a minha mão para que eu não escorregasse e caísse escada abaixo. Quando chegamos lá em cima, a visão que tínhamos era incrível! Uma das coisas mais lindas que eu já havia visto!

— Que lugar lindo, Arthur! — sussurrei.

— Não é?

— Perfeito. Nossa! Nunca tinha vindo aqui.

— Quase ninguém vem aqui...

— Você descobre cada lugar, hein? — Sorri, ainda constrangida.

— Sou curioso. Dá nisso!

— Aqui é perfeito! Afinal, é lindo tudo o que você faz por mim, eu queria te agradecer! De verdade, obrigada, Arthur. Mas...

— Luíza, antes de você dizer qualquer coisa sobre o meu pedido, deixa eu falar, por favor?

Fiz que sim com a cabeça.

— Então, eu nunca, nunca mesmo, senti por outra pessoa o que sinto por você. Não sei o que aconteceu; você age em mim como um ímã, uma coisa que me faz querer nunca desgrudar de você. Tenho medo disso. Sinceramente, nunca passei por nada parecido. Desde o primeiro dia em que eu te vi, desde aquele dia no almoxarifado, parece que eu precisava, que era uma necessidade ter você por perto, te proteger, te ouvir... Eu fiz isso hoje, te mandei aquela rosa e te chamei aqui porque não estou aguentando mais ter que fingir que não me dou bem com você, fingir que você me irrita, brigar com você o tempo todo.

Não aguento mais ter que segurar meus impulsos, pensar direitinho em cada palavra que eu digo pra você não perceber nada. Cansei! Não posso mais ficar sem você, entende? Desde a primeira vez que a gente se beijou não consigo parar de pensar: o que eu mais quero é ter você, poder te chamar de minha, sabe? Não como um objeto de posse, mas como alguém que eu quero pra sempre comigo.

Luíza, não estou dizendo tudo isso aqui à toa. Não sou igual aos meninos que você está acostumada a encontrar naquele lugar, não sou igual ao Lucas. Se você me disser sim, prometo que farei o que posso e o que não posso pra te fazer a pessoa mais feliz desse mundo. Mas, se você achar que não está na hora, que não é o que você quer, que não sente o mesmo por mim, que...

Precisei interrompê-lo... E interrompi mesmo, com um beijo. Comecei a chorar... Foi como se minha alma enfim tivesse se libertado daquele grito que carregava há muitos anos. Precisava dele, assim como ele precisava de mim. Eu o queria, assim como ele me queria. Eu o desejava da mesma forma que ele me desejava. Não tinha por que esconder! Não tinha motivo para segurar meus desejos. Era hora de dar um basta aos fingimentos!

– Posso entender isso como um sim? – ele perguntou.

– Tem certeza de que é isso que quer? Eu sou bastante complicada...

– Você é o que eu mais quero nesse mundo!

Ficamos ali durante uma hora. Sem conseguir largar um do outro por um minuto sequer. O amor nos enche de vitalidade, nos enche de vida. Traz paz. Parecíamos estar fora do mundo real, parecia que aquilo tudo era fantasia. Mas, felizmente, era real. E era o que eu mais queria!

– Você é minha capitã, então? – ele perguntou sorrindo.

— Só sua! – respondi, dando mais um beijo nele. – Você tem que ser diferente, não é mesmo?

— Como assim?

— Homens normais perguntariam: *quer ser minha namorada?* Mas você tinha que ser diferente, né? Tinha que mudar a pergunta para: *quer ser minha capitã?* – Sorri.

— Tinha certeza de que você entenderia...

— Entendi. Mas a Júlia demorou um pouquinho!

— Elas sabem?

— Sim, elas viram! E a Júlia perguntou: Capitã? Como assim? – Nós dois achamos graça da situação.

— Sempre achei ela meio devagar.

— Não fala assim da minha amiga! – Dei um soco nele.

— Desculpe – ele sorriu –, minha linda!

Sorri, sem graça.

— Sei de uma ótima oportunidade pra te apresentar a minha mãe! – lembrei.

— Sério? Quando?

— Amanhã!

— Amanhã? Já?

— Medo?

— Não, claro que não! Mas por que amanhã?

— Vamos conhecer o Miguel amanhã. Você poderia ir junto! O que acha?

— Mas não é algo só pra vocês? Da família?

— Quem esquenta com isso? Vamos? Pelo menos não vou ficar sozinha... Com meu irmão irritante!

— Já que é pro bem de todos, eu irei! – Ele sorriu para mim com aquele sorriso lindo.

— Ótimo, então!

— Mas você vai almoçar na minha casa no domingo, então!
— Domingo?
— Troca de favores...
— Tá bom, tá bom! Eu vou! — Sorri.
Ele sorriu também.

Descemos da torre e fomos comer algo. O tempo passava tão rápido, quando o que mais queríamos era que ele parasse. Arthur estava sendo perfeito comigo. Dera uma chance não só para ele, mas para mim mesma. Quando o carro parou na frente de casa, comecei a cair na real. Estava namorando o capitão do time. E as meninas iriam pirar com a notícia. Por mais que já esperassem, me ver de mãos dadas com alguém seria uma novidade e tanto para elas!

— Preciso ir. Está tarde... — eu disse.
— Por mim ficaria aqui até amanhã!
— Eu também! Mas mamãe não gostaria muito disso! — Sorri.
— É verdade! Amanhã, então, venho pra cá a que horas?
— Sete e meia da noite. Pode ser? O tal do Miguel deve chegar aqui umas oito horas.
— Ótimo! Boa noite, minha linda... — E me deu um beijo.
— Boa noite! — Sorri e o abracei forte.

Ele me deu um beijo na testa e eu saí do carro. Entrei e fui direto para o quarto da minha mãe.

— Mãe, preciso te contar uma coisa!
— Diz, filha.
— Tô namorando.

Minha mãe quase caiu da cama. Derrubou copo, controle, tudo.

— Namorando? Quem?
— O Arthur!
— Da detenção?

– Isso! E ele vai com a gente conhecer o Miguel amanhã, ok? Aí aproveito e apresento ele a vocês.

– Filha...

– Boa noite, mãe! – Saí do quarto antes que ela pudesse falar mais alguma coisa.

Fui para o quarto, tomei um banho e me deitei. Precisava ligar para as meninas, mas estava com a cabeça na lua e muito cansada. Resolvi mandar mensagens.

Meninas, eu cheguei cansada em casa. Prometo ligar para vocês amanhã assim que eu acordar. Pra vocês não morrerem de curiosidade, sou a nova capitã do time de basquete, se é que me entendem. Boa noite, amo vocês. Luíza.

Tinha certeza de que elas entenderiam. Desliguei o celular logo em seguida, para evitar ligações. Dormi. Tive ótimos sonhos. Ótimos...

14

Apresentações

Ao ligar o celular pela manhã, verifiquei que havia um monte de ligações não atendidas e mensagens desesperadas de curiosidade das meninas. De todas, só uma não era delas.

Obrigado pela noite, a primeira de muitas, minha linda! Tenha ótimos sonhos. Arthur Campos.

Não tinha visto a mensagem na noite anterior, logo, não havia como responder. Deveria responder agora? Não, melhor não... Cheguei à conclusão de que ele deveria achar que eu tinha visto a mensagem, mas não quis responder! Estava usando uma velha tática feminina: deixar o homem achar que para você tanto faz. Depois que me levantei para tomar café, minha mãe já havia saído e meu irmão tinha ido para o curso, estava sozinha em casa. De repente a campainha tocou. Era um senhor de cabelo branco. Ele me entregou um buquê de rosas vermelhas e um cartão. Fechei a porta e vi para quem eram. No cartão, o nome da minha mãe. Certamente, era o Miguel! Voltei para a mesa a fim de terminar o café da manhã, porém a campainha resolveu tocar de novo.

— Não se pode tomar café sossegada nesta casa? — Levantei para abrir a porta.

Eram as minhas amigas desesperadas!

— Luíza, por que você desligou o celular? — Júlia caminhou em direção à mesa.

— Expliquei na mensagem que estava cansada, não foi?

— É! Mas você sabe que a gente não esperaria a sua boa vontade de nos ligar, não é? — Júlia parecia decepcionada.

— Já devia saber... — acrescentou Carol.

— Então pode começar! — disse Júlia.

— Posso terminar meu café?

— Você pode muito bem terminar seu café contando pra gente como foi ontem à noite, não é mesmo? — Carol estava brava.

— Ai, tá bem, vocês não sabem esperar mesmo, hein?!

— Nem um pouco! — Júlia balançava negativamente a cabeça.

Elas se sentaram ao meu lado e eu contei tudo o que tinha acontecido durante a noite. Elas queriam todos os detalhes. TODOS mesmo! Falei tudo o que elas precisavam saber, sobre o jantar com o Miguel, que eu levaria o Arthur, mostrei a mensagem que ele havia me mandado... Enfim, depois de umas duas horas falando o mesmo assunto, quando consegui que elas parassem de falar sobre ele um pouco, elas viram o buquê na mesa.

— *Oh, my God!* Ele te mandou flores? — Carol segurou o buquê nas mãos.

— Mas já no primeiro dia? — Agora era Júlia quem segurava o arranjo.

— Não, as flores são pra minha mãe. Devem ser do Miguel!

— Eu já ia chorar de emoção aqui se fossem suas. — Carol pegou mais uma vez as flores.

— Vocês são muito exageradas mesmo...

— Vamos ao clube hoje? Os meninos vão pra quadra treinar. A gente poderia ir pegar esse solzinho? — Júlia pegou uma xícara.

— Por mim, vamos, ué! — Carol, por sua vez, se serviu de um copo d'água.

— Não, nada disso! Tenho que ficar aqui ajudando a minha mãe!

— Mas vocês não vão a um restaurante? — Júlia mostrou-se surpresa.

— Sim, mas eu...

— Chega de desculpas! Tá com vergonha do Arthur? — Carol também estava surpresa.

— Não é vergonha dele, é que eu não tô acostumada... Nem sei como vou agir na frente dele... E nem na frente dos meninos, sei lá.

— Lu, mas você vai ter que se acostumar, não é mesmo? Então! Esta é uma ótima oportunidade. Ele não vai ficar o tempo todo do teu lado, não precisa se preocupar! Passamos aqui às duas horas, pode ser? — Carol se levantou da cadeira.

— Ai, tá bem! Duas horas! Só vocês mesmo...

Elas foram embora e eu já estava nervosa. Com que cara ficaria com o Arthur na frente das minhas amigas e amigos? Era tão estranho... A única vez que tinha passado por isso fora com o Lucas, e não gostava nem de lembrar! Qual seria a reação dele? Precisava parar de pensar um pouco nessas coisas; eu estava sofrendo antecipadamente à toa.

Queria que os ponteiros do relógio demorassem séculos para passar, no entanto, eles voavam. Minha mãe abriu um sorriso enorme ao ver o buquê assim que pisou na cozinha. No mesmo instante, fez questão de ler o cartão em voz alta. *Estou ansioso pra conhecer sua família. Até de noite! Te amo. Miguel Sweet.*

Aquela mulher nem parecia minha mãe, mas tudo bem. Quando olhei o relógio novamente, já eram duas horas. Em seguida, a campainha tocou. Eram as meninas. Dei tchau para minha mãe e fui para o clube com a Júlia e a Carol. Estava gelada e tremia disfarçadamente. Quando chegamos, os meninos ainda não estavam lá. Entrei de uma vez na piscina, porque aí, quando eles chegassem, só precisaria dar um tchauzinho de longe. Estava enganada.

Conversávamos na piscina, normalmente, quando ouvimos três barulhos seguidos dentro d'água. Senti que alguém me abraçava por trás. Quando me virei, o Arthur me deu um beijo.

— Oi! — ele disse sorrindo e balançando o cabelo molhado.

— Oi! Que susto! — Sorri de volta.

— A gente não sabia que vocês viriam pra cá! — Pedro passava a mão no rosto.

— Nem eu, Pedro, nem eu — respondi.

— Nós estávamos na casa da Lu mais cedo, aí resolvemos vir aqui aproveitar o sol.

— É verdade! — Pedro concordou.

— Fiquei sabendo que alguém desencalhou por aqui, não é? — O Luan continuava com suas piadas sem graça. Sabia que ouviria esse tipo de coisa.

— Não estava encalhada, Luan...

— Só esperando a pessoa certa, não é? — Arthur completou.

— É! Com certeza! — respondi e ele me deu um beijo.

Teria que me acostumar com isso. Ele agora era meu namorado.

— Larga de ser implicante, amor! — Júlia reclamou.

— Parei! — Luan ergueu os braços.

— Pronto, já falamos com vocês, agora a gente tem que ir pra quadra esperar o pessoal. — Pedro preparou-se para sair da piscina.

— Mas já? — Carol ficou triste.

— É! Daqui a pouco eles chegam e vão ficar falando se virem o capitão do time na piscina! Não é, Arthur? – Pedro já estava na borda.

— É! Sou muito observado, o tempo todo! – Pura ironia dele.

Sorri, e ele piscou pra mim. Ele e o Luan saíram da piscina e foram logo para a quadra. A única coisa que não saía da minha cabeça era que o Lucas apareceria ali e faria o maior escândalo.

— Gente, e se o Lucas vier aqui? – perguntei.

— O que é que tem? – Júlia falou bancando a sonsa.

— Ele não vai fazer nada, e nem pode, Lu! – Carol respondeu decidida.

— Você põe a mão no fogo por ele? Eu não! – comentei.

— Eu sei, mas o Arthur tá com você agora, e não vai acontecer nada! – Carol replicou.

— Não estou falando de acontecer algo comigo, Carol, e sim com o próprio Arthur!

— Ele sabe se defender, Luíza! – emendou Júlia.

— Vocês conhecem o Lucas... Muito bem! – adverti.

— Vamos esquecer o Lucas, você tem é que se divertir. Arthur é lindo e está com você! Isso é que importa! – Carol pegou no meu braço, me puxando pro meio da piscina.

Fiquei o tempo todo prestando atenção a tudo que acontecia a minha volta; nem conseguia relaxar. Mas o Lucas não apareceu. Graças a Deus!

Voltei para casa quando já ia dar seis horas. Minha mãe estava toda agitada arrumando a roupa de sair, ao mesmo tempo em que ajudava meu irmão, e eu ali, de biquíni. Mal sabia o que ia vestir. Ouvi minha mãe falando sobre atraso. Deveria ser por minha causa.

Tomei banho e comecei a me arrumar para a tal noite. Estava nervosa por causa do Arthur, e ansiosa para conhecer o Miguel.

Arthur chegaria às sete e meia, e eu teria que apresentá-lo. Minha mãe já o conhecia, mas, mesmo assim, agora ele não era só um colega de detenção que me dera uma bolada na cabeça; era meu namorado. Quando a campainha tocou, meu coração acelerou. Parecia prestes a parar de bater a qualquer minuto. Desci depressa, antes que outra pessoa fosse abrir a porta.

– Oi! – Arthur sorriu assim que me viu. – Cheguei cedo?

– Não, na hora certa! Entre! Pode sentar...

– O seu futuro padrasto já chegou?

– Não, ainda não. Tô ansiosa, já!

Minha mãe veio descendo as escadas para saber quem tinha chegado.

– Ah, mãe, o Arthur, meu... meu namorado! – Era estranho falar isso.

– Ah, sim! Oi, Arthur! Prazer, eu sou a Leyla. Acho que já nos conhecemos... naquela vez, no hospital!

– É verdade! Mas, mesmo assim, prazer! – Ele apertou a mão da minha mãe, todo simpático.

– Igualmente! Pode ficar à vontade! Luíza, seu irmão já deve estar descendo...

– Tá bem! – Ela estava muito simpática. Esquisito!

Minha mãe saiu da sala, e olhei confusa para o Arthur.

– Ela está esquisita – disse.

– Por quê? Porque foi simpática comigo?

– Também. Mas está com um bom humor muito estranho! – desconfiei.

Arthur começou a rir.

– Deixe sua mãe, Luíza. O amor faz isso! – Ele me puxou para perto dele. – Não é?

Eu dei um beijo nele. Ele conseguia me tirar o chão!

— Luíza, você viu o... — Meu irmão se deparou com a cena e ficou paralisado. — Viu o Fred?!

— Não... É! Edu, esse é o Arthur. A gente tá...

— Namorando, eu já desconfiava! — ele completou. — Tudo bem?

— Tudo! E você? — Arthur respondeu, parecia confuso.

— Também! Aqui, Luíza, o Fred sumiu...

— Vê embaixo da cama da mamãe, ele tem ficado lá ultimamente!

— Tá bom! — Meu irmão subiu atrás do Fred.

— Clima harmônico aqui hoje! — comentei.

Arthur sorriu. Ficamos conversando até que a campainha tocou novamente. Agora devia ser o tal do Miguel. Esperei, certamente minha mãe desceria para abrir... Ela e meu irmão desceram.

— Pronto, ele chegou. Sejam simpáticos! — ela disse sorrindo chegando perto da porta.

— Como a senhora? — perguntei. Arthur apertou minha mão.

— Claro, engraçadinha! — Minha mãe abriu a porta. — Oi!

O Miguel era alto, devia ser uns três ou quatro anos mais velho que minha mãe, mas era muito bonito. Moreno, os olhos verdes, com um sorriso lindo.

— Oi! — Ele entrou meio sem graça.

— Bom, Miguel, esses são meus filhos: Luíza — apontou para mim — e Eduardo. Esse é o namorado da Luíza, Arthur. Meninos, esse é o Miguel — minha mãe fez o discurso.

— Prazer, Miguel — falei.

— Oi! — Meu irmão nunca conseguia ser formal.

— Prazer! — Arthur apertou a mão dele.

— Vamos, então? — minha mãe interrompeu o silêncio constrangedor.

— Vamos! — eu disse. — Mãe, eu vou com o Arthur no carro dele.

— Tá bem, filha. E você, Edu?

— Vou com a Luíza. E volto com a senhora. Tenho que dividir as atenções... — Meu irmão era o mais convencido de todos.

Todos rimos. E então fomos para o famoso restaurante.

— Então, Edu, o que está achando do Miguel? — perguntei assim que entramos no carro.

— Normal! Ele só disse *Oi* até agora... — meu irmão ironizava tudo.

— Ele parece ser legal! — Arthur comentou.

— É! — respondi.

— Será que ele me daria um *videogame* novo, aquele que lançou agora? — Edu não mudava.

— Ele será nosso padrasto, Edu, não nosso caixa eletrônico!

Arthur sorriu. Não demorou muito e chegamos ao restaurante. O espaço era lindo, pelo menos por fora, e me parecia bem caro. Descemos do carro e entramos no lugar. Ele deu o nome dele e uma atendente simpática nos indicou a mesa reservada. Assim que nos sentamos, escolhemos o que queríamos comer. Eu não exagerei, o Arthur também não. Estava achando aquilo tudo lindo demais, mas um pouco exagerado, assumo. Não precisava daquilo apenas para conhecer o namorado da minha mãe. Sabia que, depois que os pedidos fossem feitos, começaria o martírio para o pobre coitado do Miguel: todo mundo querendo saber da vida dele, o que ele fazia, há quantos anos, do que gostava. Isso era constrangedor. Arthur estava praticamente mudo do meu lado, só sorrindo e achando aquilo tudo uma maravilha. Ele adorava deixar as pessoas constrangidas. Eu sabia bem disso.

— Bom, trouxe todo mundo aqui pra vocês poderem conhecer o Miguel... — minha mãe interrompeu o silêncio.

— Podem perguntar o que quiserem! — Miguel disse, sorrindo e nervoso. Era nítido seu nervosismo.

— Pode perguntar o que quiser, Edu! — joguei a bola para o meu irmão.

— As perguntas inteligentes ficam pra você, maninha! — e ele devolveu para mim.

— Então tá... É... Miguel, minha mãe comentou que você é médico.

— Sou sim, neurocirurgião.

— E você tem filhos?

— Uma filha! Ela se chama Karine, tem dezenove anos, e esse ano ela foi pra Inglaterra. Está fazendo faculdade lá.

— Nossa! Faculdade de quê?

— Medicina também! Acho que ela puxou a mim... — Ele sorriu.

Sabia que ele era viúvo, mas não ia me atrever a perguntar sobre a falecida, apesar de morrer de curiosidade de saber como era, quem foi, do que ela morreu.

— Que bom! Ela já sabe sobre a minha mãe?

— Já, sim! Ela está louca pra que as férias cheguem logo pra poder vir conhecer vocês.

— Ótimo! A gente vai adorar conhecê-la!

— E você pretende se casar com a minha mãe? — meu irmão sempre abusado! Cheguei a engasgar quando ouvi isso.

— Eduardo! — minha mãe se irritou.

— Tudo bem, Leyla, ele está certo! — Miguel sorriu. — Claro que sim. Assim que acharmos que é a hora certa, vamos nos casar, não é? — Ele se virou para minha mãe.

— Sim! — ela respondeu, vermelha. Não sei se vermelha de ódio do meu irmão ou de vergonha. — Ah, Miguel, sabia que você não é o único que está sendo apresentado aqui hoje?

— Não?

— Não, o Arthur, namorado da Luíza, também. É a primeira vez que conversamos com ele. Eu já o conhecia, mas, agora que eles começaram a namorar, vamos nos ver mais, não é, Arthur? – minha mãe tinha que meter o Arthur nessa.

— É, sim!

— Que bom. Não sou só eu que estou nervoso! – Miguel disse, aliviado.

— É! Certamente não é só você! – Arthur respondeu.

— Quem são seus pais, Arthur? Falei com a sua mãe aquele dia, mas nem me lembro do nome – minha mãe queria mudar o rumo da conversa, e o alvo agora era o Arthur.

— Alice e Álan Campos...

— Álan Campos? – Miguel perguntou.

— Sim! Conhece?

— Arquiteto?

— Sim! Ele mesmo!

— Conheço, ele planejou a minha casa. Ótima pessoa, ótimo profissional! Meus parabéns! – Pronto! Agora já tínhamos um assunto: os pais do Arthur.

— Obrigado! Ele é ótimo pai também.

— E sua mãe? O que ela faz, Arthur? – lá vinha minha mãe de novo.

— Minha mãe é estilista, mas ela fez *design* de interior e ajuda meu pai nas projeções dele, normalmente, quem contrata meu pai, contrata minha mãe.

— Nossa, que legal! – minha mãe ficou impressionada.

— E você quer ser arquiteto também? – meu irmão perguntou.

— Não, não quero ser arquiteto. Mas será algo parecido. Eu quero fazer engenharia...

— Muito bom! Parece ótimo! – Miguel disse. – E você, Luíza?

— Eu quero fazer direito. Pelo menos até agora; posso mudar ainda. – Sorri.

— Ótimo! Direito parece ser muito bom também! A Karine disse que, se não fizesse medicina, faria direito. Ela também gosta! – Miguel parecia mais relaxado.

Essa conversa sobre futuro, sonhos, planos rendeu. Ficamos conversando sobre isso até o jantar chegar. Quando chegou, jantamos e logo veio a sobremesa. Na hora de pedir a conta, Miguel fez questão de pagar tudo; não deixou o Arthur ajudar nem mostrou o valor! Acredito que o valor tenha sido bem altinho, mas, já que ele quis pagar sozinho, não tínhamos muito o que fazer!

O Miguel me pareceu legal, ele foi bem-educado e simpático. Mas todos pareciam assim nos primeiros dias e meses. Com o tempo, descobriríamos o verdadeiro Miguel e, é claro, o verdadeiro Arthur também.

Quando chegamos em casa, minha mãe convidou os dois para entrar, mas ambos recusaram por causa da hora. Eu me despedi do Arthur e ele disse que passaria para me buscar às onze e trinta. Eu concordei, agradeci por ele ter ido comigo ao jantar e ele se foi. Em seguida, me despedi também do Miguel e entrei. A noite havia sido longa. E, pelo visto, ainda não tinha acabado. Quando subi para o quarto, vi que havia uma mensagem de voz no meu celular. Não reconheci o número, mas parei para escutar.

Luíza, aqui é o Lucas. Sei que, se eu fosse aí, você não me ouviria, então consegui seu número e resolvi ligar, mas você não atendeu. Queria te pedir desculpas, perdão! Sei o quanto te fiz mal e sei o quanto você sofreu, mas voltei e estou aqui pra recuperar tudo o que perdi. Queria muito que você me respondesse, mas, se não for o caso, depois te procuro novamente. Não vou sossegar enquanto não me perdoar. Eu te amo. Beijos.

Desgraçado! Joguei o celular no chão, desesperada. Não sabia o que fazer... Ele iria me procurar, ficaria atrás de mim. Mas eu queria distância dele. Não podia sequer olhar nos olhos dele. E o Arthur? Se ele soubesse dessa mensagem, o que faria? Deveria contar ou não? Minha cabeça começou a doer e fui tomar banho. Quando me deitei, mal conseguia fechar os olhos, quanto mais dormir. Pensei em ligar para a Carol, mas não queria acordá-la, nem a Júlia. Resolvi ligar para o Pedro.

— Alô! — ele atendeu com uma voz de quem acabou de acordar.

— Pedro, eu te acordei?

— Mais ou menos. Luíza?

— Isso! Precisava falar com você. Tem como?

— Claro! Pode dizer... Aconteceu alguma coisa?

— O Lucas... Ele está me perseguindo. E eu não sei o que fazer.

— O que ele fez?

— Ele me deixou uma mensagem de voz no celular. Meu telefone ficou em casa, porque fui jantar com o Arthur e o pessoal aqui de casa. Aí, quando voltei, vi uma mensagem nova de um número estranho e fui ouvir. Era ele.

— E o que dizia?

— Que ele queria que eu o perdoasse, que não vai sossegar enquanto não conseguir fazer com que eu o perdoe. Disse que veio pra recuperar tudo o que perdeu. Pedro, eu estou com muito medo, de verdade! Pensei em ligar pro Arthur e falar com ele, mas fiquei com mais medo ainda de meter ele nesse assunto e acontecer algo pior.

— Luíza, calma, olha só... Você vai fazer o seguinte: amanhã você vai ver o Arthur?

— Vou!

— Então, quando vocês estiverem sozinhos, você conta pra ele. Relacionamentos precisam ter como base a confiança, e você não pode esconder algo desse tipo dele.

— Mas e se ele fizer alguma coisa, sei lá.

— Ele não vai fazer nada, conversa direito com ele. O Arthur está com você agora e não vai te acontecer nada porque ele sempre vai estar junto. O Lucas não vai querer se meter com ele, porque tem eu, o Luan e o time de basquete inteiro a favor do Arthur. Ele sabe que vocês estão namorando?

— Acho que não! Não encontramos com ele. Não que eu tenha percebido, pelo menos.

— Então, quando ele vir vocês, a gente observa a reação dele e vê se ele vai te procurar. Aí, sim, a gente pode conversar e resolver o que fazer. Estamos todos juntos nessa com você, Lu, não vamos te deixar sozinha. Da outra vez, vacilamos feio, e não vamos cometer o mesmo erro. Tudo bem?

— Sim, obrigada, Pedro, de verdade. Peço desculpas por ter te acordado.

— Não tem problema. Pode ligar a hora que precisar. Agora, relaxa e vai dormir um pouco. Amanhã você fala com o Arthur.

— Ok! Obrigada. Boa noite!

— Boa noite.

Desligamos. O Pedro era um amigo e tanto. Apesar de todas as implicâncias e brincadeiras, ele sempre esteve ao meu lado.

15

Não estamos sozinhos

Eu estava disposta a contar tudo para o Arthur e mais disposta ainda a acabar com toda essa situação. Não aguentava mais viver com medo da própria sombra, medo do que falava, do que via, do que sentia. Precisava acabar com isso o mais rápido possível!

Assim que me levantei pela manhã, fui logo ajeitando as coisas para não me atrasar. Quando deu dez horas, tomei banho e me arrumei. Depois desci e me sentei na sala com meu irmão, enquanto minha mãe fazia o almoço para os dois.

— E então, filha, o que achou do Miguel? Ontem você foi dormir e eu nem vi — minha mãe perguntou. Mal sabia ela que eu não tinha dormido quase nada.

— Gostei dele, mãe. Ele parece ser uma ótima pessoa!

— Minha mãe só sabe falar dele agora! — meu irmão cochichou.

— Ele vai vir aqui com mais frequência, aí vocês vão conhecê-lo melhor!

— Tudo bem, o que importa é que a senhora esteja feliz! — respondi logo para encerrar de vez o assunto.

— Obrigada, filha! Escuta, parece que esse menino tem te feito muito bem, não é?

— O Arthur?

— É!

— É! Ele é um amor... Tem me feito bem, sim.

— Você está voltando a ser a... a Luíza de antes! — minha mãe comentou, meio tensa, com medo da minha reação.

— Errado, mãe, estou me tornando a Luíza de agora, a que eu sempre quis ser, mas nunca consegui. — Ouvi a buzina do carro do Arthur. — Bom, ele chegou! Vou lá, mãe... Não demoro!

— Ok, filha, manda um abraço pros pais dele. Diz que vou marcar um dia pra eles virem aqui...

— Pode deixar! Tchau, tchau, Edu!

— Tchau!

Ao fechar a porta de casa, percebi que o Arthur já me esperava com a porta do carro aberta.

— Bom dia, minha linda! — ele disse com um sorriso deslumbrante no rosto.

Fiquei meio atordoada, ele estava divinamente lindo.

— Você está lindo! — foi a única coisa que consegui dizer, antes de ele me dar um beijo e eu entrar no carro.

— Você também — ele respondeu. — E aí? Nervosa como eu estava ontem?

— Acredito que mais nervosa. Você se saiu muito bem ontem! Se não fosse você, não sei qual teria sido o assunto daquele jantar.

Ele sorriu. Fomos para a casa dele. Quando chegamos na garagem e eu fui abrir a porta do carro, ele travou as portas.

— Só um minuto. Antes de sairmos, você me deixa fazer uma coisa que estou com muita vontade desde ontem? — ele perguntou.

— Não é um soco nem nada do tipo? — ironizei.

— Não!

— Pode, então!

Ele me deu um beijo daqueles de tirar o fôlego. Eu também estava com vontade de fazer isso, mas meu orgulho não me permitia pedir a ele.

— Pronto! — Ele me soltou e destravou as portas do carro.

— Matou a vontade?

— Nem um pouco; porém, dá pra aguentar até depois do almoço. — E logo me deu mais um beijo quando saímos do carro.

— Seus pais vão querer saber por que demoramos tanto na garagem — comentei.

— Eles certamente não vão perguntar por que, é claro, pois sabem a resposta e já fizeram muito disso! Fazem até hoje! — Ele sorriu e me puxou pela mão.

Ao chegar à sala da casa dele, descobri que seus pais já me esperavam. Prontamente, eles se levantaram para me cumprimentar.

— Posso te dizer uma coisa? — a mãe dele falou depois que já estávamos todos sentados e conversando.

— Claro — respondi.

— Desde o dia em que você dormiu aqui, eu já sabia que você e o Arthur iam acabar dando nisso aí! — Piscou um dos olhos.

— Mamãe!

— É sério, filho, comentei com seu pai quando você foi levar a Luíza em casa. Não foi, amor?

— É! Comentou mesmo... — Álan concordou.

— Mas, definitivamente, nunca imaginei que nada disso fosse acontecer — falei. — Simplesmente detestava o Arthur!

— Ela não podia nem me ver...

— Mas é sempre assim. Quando conheci sua mãe, os meus amigos ficavam elogiando-a, e eu vivia dizendo que ela era uma chata, metida, e que jamais namoraria com ela!

— Não só namorou, como casou e teve um filho lindo! — Arthur completou.

— Mas é convencido mesmo — brinquei.

— Não, realista — ele respondeu.

Sorrimos um para o outro. Parecia que, toda vez que ele abria aquele sorriso lindo para mim, eu ficava meio perdida, sem chão. Um efeito que só ele tinha sobre mim. Conversamos bastante. Eles perguntaram sobre meus pais, meu futuro, meus sonhos... Os pais do Arthur eram pessoas maravilhosas, até porque não tinha mesmo como o Arthur sair ruim tendo eles como pais... Estava explicado o motivo por ele ser assim! Tão doce!

Depois do almoço, eles subiram para o quarto dizendo que iam descansar um pouco. Domingo era dia de dormir à tarde. Foi bom, porque eu precisava ficar sozinha com o Arthur. Ficamos sentados vendo filme na sala, ele mexendo no meu cabelo e eu segurando uma de suas mãos. Era o momento certo para falar.

— Arthur, eu preciso te contar uma coisa que aconteceu ontem.

— Claro, Luíza, pode falar.

— Mas você tem que prometer que não vai fazer nada por enquanto.

— Por que está falando isso? Foi o Lucas?

— Sim.

— O que ele fez? — Ele já estava nervoso.

— Promete?

— Prometo, fala!

— Então, quando cheguei na minha casa e fui ver o celular, tinha uma mensagem de voz de um número estranho. Quando ouvi, era ele.

— O que ele disse?

— Quer ouvir?

— Quero!

Entreguei o celular para ele, localizando a mensagem para que ele a escutasse. Ele ficou prestando atenção em cada frase dita, em cada barulho.

— Filho da mãe! Desgraçado! — ele exclamou, levantando-se nervoso do sofá. — Deixa ele vir te procurar pra ver... Deixa!

— Arthur, você me prometeu! Não posso fazer nada por enquanto!

— Claro que pode! Quer dizer, eu posso! Eu posso acabar com a raça dele!

— Arthur, por favor! Senta aqui, vai! — pedi calmamente.

— Tudo bem! — Ele se sentou. — E o que você acha que devemos fazer?

— Conversei com o Pedro e ele disse pra gente esperar; falou que era pra eu falar com você hoje. Ele disse que eu não estou sozinha nessa, que todos vão ajudar!

— Mas, Luíza, e se esse idiota vier atrás de você quando eu não estiver por perto? Não vou ficar sossegado!

— Calma. Olha! Eu não vou ficar em casa sozinha! Não vou andar sozinha... Sempre estarei acompanhada. O Pedro disse que a gente precisa esperar pra ver a reação do Lucas quando souber que a gente está junto, pra depois podermos planejar algo e resolver isso. Arthur, não posso continuar fugindo assim... Vou ter que resolver isso logo! Mas preciso de você...

Ele me abraçou apertado.

— Claro, meu amor, claro! Eu vou sempre estar do seu lado... E isso vai acabar. Prometo!

— Não vai fazer nada sozinho?

— A gente vai sentar e conversar.

— Obrigada!

Ele me deu um beijo e ficamos ali até anoitecer.

Meu problema todo em relação ao Lucas era por não saber de forma alguma o que ele faria naquela situação. Ele era imprevisível, e eu não podia arriscar. Meu maior medo não era mais que algo acontecesse comigo, como na primeira vez, e sim que algo pior acontecesse com o Arthur. Ele não levaria desaforo para casa. Não era do tipo que ouve desaforos e fica quieto.

Na segunda-feira, Arthur passou em minha casa para irmos juntos para a escola. O medo tomava conta de mim. Agora não teria como fugir, o Lucas ia me ver com o Arthur de qualquer jeito. Arthur logo notou a minha ansiedade.

— Está nervosa?

— Um pouco!

— Por estar indo comigo pra escola ou porque o Lucas vai ver a gente junto?

— Os dois. — Sorri, meio sem graça. — Tenho medo do que ele possa fazer!

— Já disse pra você relaxar, não disse?

— É difícil!

— Vamos aproveitar o momento! Esqueça o Lucas, não fique encarando ele. Não deixe ele notar nenhuma tensão em você.

— Ok! Vou tentar!

Chegamos no horário normal à escola. Mas parecia que todas as pessoas do universo estavam lá e me encaravam quando passei por eles com o Arthur segurando a minha mão. Dava para ver o que cada um pensava só pelo olhar.

— Parece que somos o centro das atenções hoje! — Arthur comentou.

— Não poderia ser diferente — completei.

Passamos pelo pátio e encontramos a Júlia e o Luan no corredor.

– Luíza! – Júlia gritou quando me viu e veio me dar um abraço. – Não te vi ontem, amiga! Como você está?

– Inteira até agora – respondi.

– Os pais do Arthur te deixaram com medo? – Luan implicou.

– Pelo contrário, acho que minha mãe deixou o Arthur com medo – respondi sorrindo.

Eles riram.

– Hoje, todos os olhares estão voltados pra vocês! – Júlia brincou.

– É! Malditos holofotes! – Arthur disse sorrindo.

– Vamos pra sala, amiga? Quero falar com você!

– Claro, Ju! Vamos! Tchau... – Fiquei meio sem saber o que fazer, então o Arthur deu uma ajudinha me puxando e me dando um beijo. – Até o intervalo!

Júlia deu um beijo em Luan e fomos para a sala. Assim que pisamos lá dentro, Carol chegou. Pronto! A mesa para o interrogatório já estava formada.

– O Pedro me falou; de noite vamos marcar de ir a algum lugar pra poder resolver o que fazer com aquele otário! – Carol chegou falando.

– Bom dia pra você também, Carol – Júlia respondeu em tom de repreensão.

– Desculpe, amiga, é que fiquei tão atordoada com essa história. Eu e o Pedro passamos a noite toda de ontem falando sobre isso... Deixa aquele desgraçado chegar perto de você pra ele ver!

– Vai dar tudo certo, gente, relaxa! – comentei, tentando acalmá-las.

— Espero — Carol falou em seguida.

A aula passou rápido, para minha infelicidade. O intervalo estava chegando e eu precisaria de forças para não desmaiar. O medo me deixava zonza. Essa história com o Lucas me deixava maluca.

Assim que saímos da sala, as meninas grudaram em mim. Elas iam à cantina, e eu pedi para a Júlia comprar um biscoito para mim, enquanto isso acharia um lugar no pátio para a gente ficar. As duas olharam de um lado para o outro antes de saírem de perto de mim. Nem sinal do Lucas. Elas foram à cantina e eu fiquei sentada sozinha.

O Arthur ainda não havia saído da sala, então teria que esperar. Fiquei sentada, mexendo no celular, quando de repente o Lucas surgiu. Ele vinha em minha direção. As meninas não estavam por perto. Ele, com certeza, iria me procurar para conversar depois daquela mensagem de voz idiota.

Quando ele estava a uns três metros de mim, senti alguém me abraçar por trás. Era o Arthur! Ele me abraçou e me deu um beijo. Lucas paralisou no mesmo instante, ficou imóvel. Pedro e Luan chegaram logo após e uns segundos depois a Carol e a Júlia voltaram. E ele continuava parado.

— Será que ele vai vir aqui? — Pedro estava apreensivo.

— Ele não seria louco! — Carol respondeu nervosa.

Mesmo com várias pessoas ao meu redor, ele continuou vindo em minha direção. Pronto, agora sim eu estava com um problema propriamente dito.

— Oi, gente! — A voz de Lucas indicava que ele estava calmo.

— Oi! — Pedro respondeu.

— Então, agora já está tudo certo, não é mesmo? Casais formados, todos em seus respectivos lugares. Menos um.

— Olha, Lucas, ninguém aqui quer confusão! — Luan logo tomou a frente.

— Nem eu! O que quero é falar com o capitão aí de vocês sozinho. Podem dar licença?

— Não! — respondi. — Você não tem nada pra conversar com ele. Por favor, deixe a gente em paz!

— Ui! — Ele sorriu cinicamente. — Por que o nervosismo? Só quero falar com ele...

— Sobre...? — Arthur perguntou.

— Assunto de capitão pra capitão.

— Cadê o segundo capitão? Não estou vendo nenhum por aqui... — Carol debochou.

— Está ficando difícil, hein? Posso ou não falar com você, Arthur?

Arthur pensou por um instante.

— Pode, é claro! Mas a Luíza vai junto. Não tenho nada para esconder dela e, como vou contar tudo o que você me disser mesmo, prefiro não gastar saliva. Pode ser?

— Já que insiste... Por mim, tanto faz.

— Ok!

Arthur pediu licença e nos retiramos dali junto com o Lucas. Meu coração estava acelerado e minhas mãos suavam. Nos afastamos do pátio.

— Então, fala logo o que você quer — Arthur tentava manter a calma.

— Quer dizer que agora vocês estão juntos? — Lucas dissimulava sua ironia.

— Não está vendo? — Arthur queria manter-se indiferente.

— Bom, tenho uns assuntos pendentes com a Luíza, e ela não quer fazer as coisas da forma fácil.

— Eu não tenho assuntos pendentes com você. Tudo já foi resolvido. Pelo menos pra mim.

— Pra mim, não. Desde que voltei, estou te procurando pra resolver isso, e você não me deixa falar. Agora você aparece aqui com esse intrometido e...

— Por que intrometido? Ele te atrapalhou em alguma coisa? — falei.

— Escuta uma coisa: vocês dois roubaram minha liderança no time, meus amigos e, agora, minha namorada.

Arthur sorriu ironicamente.

— Ninguém roubou nada! Você largou tudo... Estragou tudo! — eu disse.

— Pensem como quiser, só quero avisar uma coisa: isso não vai ficar assim!

— Se você tentar algo, eu te coloco na cadeia — respondi. — Algo que eu deveria ter feito há muito tempo.

Ele chegou perto de mim, passou a mão no meu rosto até chegar ao meu pescoço. Ouvi a respiração de Arthur ficar acelerada.

— Você, mais do que eu, sabe que eu nunca faria isso. Nunca quis te fazer mal, só quis te fazer feliz e você se lembra muito bem da forma como me tratou.

— Queria me fazer feliz desrespeitando a minha vontade?

— Lucas, você já deu seu recado? — Arthur interrompeu.

— Já! Você vai se arrepender por ter tirado tudo o que era meu!

— Já falou, então já vamos. Vamos, Lu! — Arthur me puxou pelo braço e deixamos o Lucas lá.

Quando voltamos para perto dos outros, eu estava pálida.

— E então? — Pedro perguntou.

— Ameaças... — respondeu Arthur. — Ele disse que eu roubei tudo o que era dele, que isso não vai ficar assim.

– Hum! O que ele quer? Ir pra cadeia? – Luan estava inconformado com o cinismo do Lucas.

– Tá parecendo... – Carol também estava inconformada.

– Tenho medo do que ele possa fazer... – suspirei.

– Não precisa! A gente vai dar um jeito nisso; vamos marcar de nos encontrar hoje em algum lugar. Seis cabeças pensam melhor que duas – Pedro tentava nos manter calmos.

– Pode ser lá em casa, meus pais não estão aqui hoje. Só chegam amanhã... Sete horas da noite está bom? – Arthur propôs.

– Por mim, tudo bem! – Pedro concordou.

Todos fizeram que sim com a cabeça.

Naquele momento, nenhum de nós tinha um plano em relação ao Lucas, porém, como o Pedro dissera: *seis cabeças pensam melhor do que duas*. Eu e o Arthur não estávamos sozinhos nessa, e isso era bom!

16

Enfim, sós

Meu dia passou rápido. Minha mãe estava trabalhando, então tive que me virar em casa com meu irmão. Minha mãe chegou já eram seis horas. Fui para meu quarto me arrumar e fiquei esperando a Carol e a Júlia; elas iriam passar em casa para irmos juntas à casa do Arthur. Avisei minha mãe que sairia com elas, então ela nem falou nada. Estava totalmente inquieta, não conseguia ficar parada por uns míseros minutos. Enfim, chegamos à casa do Arthur. Pedro e Luan já estavam lá.

— Atrasadas... — Luan se queixou.

— Vocês nunca se atrasam, né? — Carol não deixou por menos.

— Vamos sentar, então, pra poder resolver isso logo! A noite vai ser longa! — Pedro acalmou os ânimos.

Fomos para a sala e nos acomodamos no sofá. Fiquei esperando quem daria o primeiro palpite.

— Então, a gente precisa arrumar um jeito de fazer o Lucas parar com essa obsessão e perseguição... — Pedro sempre tomava a palavra primeiro.

— Será que existe um jeito? — perguntei.

— Tem que existir! — Pedro se assustou com meu comentário.

— Se você tivesse denunciado o Lucas daquela vez, nada disso teria acontecido — Luan parecia frustrado.

— Luan?! — Júlia o repreendeu.

— É verdade, amor, ele estaria preso e não perturbaria a Lu nunca mais.

— Eu sei, Luan, mas agora não adianta reclamar! Já passou, já fiz a burrice!

— Vamos pensar no agora! — Arthur ergueu as mãos.

— O Arthur está certo. — Carol balançou positivamente a cabeça. — A gente precisa ver um jeito de acabar logo com isso!

— Por que você não conversa com ele, Luíza? — Luan sugeriu.

— Nada disso! Sozinha, não! — Arthur foi logo reprovando a sugestão do Luan.

— A gente fica por perto; acho que só vamos saber o que o Lucas quer se deixarmos ele falar com ela — Luan voltou a sugerir.

— É! Por um lado, você tem razão — Pedro concordou.

— Não sei se é uma boa ideia. — Arthur fechou o semblante.

— Olha, ela marca com ele em algum lugar e a gente vai junto, mas ficamos escondidos num canto — Pedro mantinha a calma.

— Não tenho nada pra falar com ele — respondi.

— Mas ele tem! Diz que você quer acertar as coisas com ele sem meter o Arthur nisso! Diga que não quer que ele sofra, ou algo do tipo. Você é criativa! Daí vocês marcam em algum lugar... — Pedro passou a traçar um plano.

— Onde seria fácil de a gente se esconder? — Carol perguntou em seguida.

— Não faço ideia! — Pedro ergueu as mãos, em sinal de falta de opção.

— Eu sei onde... — Não gostava nem de pensar nessa hipótese, mas não tinha outra ideia melhor.

— Onde? — Pedro estava curioso.

— No lugar onde aconteceu tudo da outra vez... — Engoli seco.

— Não, Luíza, você sabe que isso não vai ser tão fácil assim... Não vamos estragar tudo. — Arthur pôs suas mãos sobre as minhas.

— É o jeito mais fácil, Arthur! Lá vocês podem se esconder em qualquer lugar que ele não vai notar... É alto! Cheio de precipícios... Não tem como ele desconfiar de nada.

— Mas, Lu, você vai aguentar voltar lá dessa forma? — Júlia parecia temerosa.

— Tenho que aguentar, Ju. Quanto mais rápido isso acabar, melhor!

— Já sei o que podemos fazer! — Carol ergueu-se um pouco do sofá. — Sábado é o festival! Vamos todos pra lá... A Luíza marca com ele de os dois irem lá pras montanhas assim que uma certa apresentação acabar. Assim que acabar e você e o Lucas saírem do festival, nós vamos atrás... O que acham?

— De noite? Não é perigoso? — Júlia perguntou apreensiva.

— Acho que vai ser o único jeito pra ele não desconfiar de que vamos atrás. Porque vamos estar todos envolvidos no festival; só a Luíza e o Arthur que não vão fazer nada. — Pedro não sabia da minha intenção de participar do festival com o Arthur.

Olhei para o Arthur. Eles achavam que não iríamos participar — e continuariam achando...

— Gostei da ideia! Pode ser — respondi.

— A gente fica observando. Assim que vocês dois saírem, vamos atrás — Luan sugeriu.

— Não gostei nada disso! — Arthur se levantou do sofá, nervoso.

— Vai dar tudo certo, Arthur! Tem que dar — tentei tranquilizá-lo.

— Mas e se algo der errado? É a vida da Luíza que está em risco... — Júlia também desaprovava o plano.

— Não tem como dar errado, só se alguém não cumprir seu papel direito! A gente combina tudo antes — Pedro permanecia calmo.

— Eu achava melhor esperar pra ver o que o Lucas pretende fazer! Envolver a Luíza nisso de novo, não sei não... — Júlia não concordava mesmo com aquele plano.

— Eu concordo com a Júlia — Arthur não conseguia disfarçar sua reprovação.

— E você, Luíza? O que pretende fazer? — Pedro perguntou.

— Eu prefiro ir! Não quero correr o risco e esperar ele aprontar mais uma! A gente pode ligar pra polícia também... se algo der errado — engasguei.

— Então, já que você prefere assim, vamos estar do seu lado! Não é? — Carol perguntou.

Todos concordaram. Arthur permaneceu calado. Ele não estava gostando nada da ideia de me "perder", nem que por alguns instantes, para o Lucas. Sinceramente, nem eu. Mas era preciso, essa era a melhor opção. Não queria arriscar a viver para sempre sendo perseguida pelo Lucas.

Arthur serviu um lanche, mudamos de assunto e rimos muito de todas as implicâncias e bobeiras minhas e do Arthur no início de tudo. Depois que acabamos, Pedro, Luan, Júlia e Carol se retiraram, perguntaram se eu queria ir junto, mas Arthur disse que estava cedo e que depois me levaria para casa. A Carol e a Júlia me olharam com certa ironia e saíram. Eu e o Arthur voltamos a nos sentar no sofá da sala.

— Luíza, tem certeza disso?

— É o único jeito, Arthur!

— A gente pode pensar em outra coisa. Acho tão perigoso! Se na época que você era namorada dele ele já fez tudo aquilo com você, imagina agora que não é nada...

— Sei que vai ser complicado. Mas prefiro assim, sozinha. Sem colocar vocês em risco. E, afinal de contas, vocês vão estar lá! Vão poder me ajudar se algo acontecer.

— Ok! Você é quem sabe! Não gosto dessa ideia, mas respeito!

Coloquei minhas mãos no rosto dele e o beijei.

— Não quero perder você, Luíza! — ele disse, fixo em meus olhos.

— Não vai! — Dei outro beijo.

Dessa vez, ele me segurou forte, como se não quisesse me soltar mais.

Ficamos ali sentados e conversando por mais ou menos uma hora. Não tinha vontade nenhuma de ir embora quando estava com ele. Tiramos fotos, rimos, brincamos, falamos besteiras, planejamos nosso futuro... Ele me fazia tão bem!

— Acho melhor ir pra casa. Minha mãe pode ficar preocupada!

— É! Já está tarde. Não quer dormir aqui?

Engasguei.

— Dormir aqui? Pra quê? Não... Melhor não!

— Luíza... — Ele sorriu. — Relaxa! Não quero que você fique aqui por esse motivo aí que está passando pela sua cabeça!

— Não? — perguntei sem conseguir disfarçar minha surpresa.

— Não! Absolutamente não!

— Então, por quê?

— Companhia! Quero poder acordar do seu lado, ver seus olhos quando amanhecer... — Ele segurou meu rosto com firmeza.

Eu olhei para ele. Como ele conseguia ser tão lindo?

— Você não vai gostar de me ver ao acordar, Arthur! — Sorri.

— Vou sim! Mas entendo se você não quiser.

— Se eu ficar, promete que não vai tentar nada?

— Prometo! Pode confiar em mim.

— Eu fico, então.

Ele me deu um longo beijo.

— Acho que o príncipe encantado perdeu pra você... — comentei.

— Você acha?

— Acho!

— Eu tenho certeza! — Ele piscou um dos olhos e me beijou.

— Convencido!

Sorrimos.

— Mas e sua mãe?

— Digo que vou dormir na Carol, e é só a gente chegar mais tarde amanhã lá em casa pra eu buscar o material da escola. Ela já vai ter saído pro trabalho.

— Ok, então! Avisa a Carol, pra ela não cometer nenhuma gafe. — Sorriu.

— Claro! — Sorri de volta.

Eu não costumava mentir para minha mãe. E, sempre que mentia ou escondia algo dela, me dava mal. Mas dessa vez era diferente, eu precisava testar o Arthur, para saber se ele realmente era diferente e se eu podia ou não confiar nele. E ele não me desapontou.

Na hora de dormir, fomos para o quarto dele. Eu estava com muito medo de ele mudar de ideia. Queria que as pessoas soubessem respeitar limites; eu não tinha uma boa lembrança sobre respeito e muito menos sobre limites. Queria alguém que respeitasse os meus princípios e opiniões. Precisava saber se o Arthur faria isso.

Eu e ele nos deitamos e ele me abraçou forte. Ficamos conversando no escuro, no silêncio do quarto dele. Algumas vezes, ele beijava minha testa, minhas bochechas, minha boca. Ele era extremamente carinhoso. Quando começou a mexer em meus cabelos, acho que adormeci, porque, quando acordei, no meio da noite, ele estava dormindo. Fiquei com medo de me mexer e ele acordar, mas eu precisava ir ao banheiro. Levantei com calma, tirando os braços dele que estavam em volta de mim. Fui ao banheiro, voltei para o quarto e me deitei de novo.

Infelizmente, ao me deitar, o Arthur despertou assustado. Fingi que estava dormindo. Ele, então, me envolveu nos seus braços novamente e voltou a dormir. Era tão bom dormir sentindo o perfume dele em volta de mim. Conseguiria ficar daquele jeito por dias sem me incomodar. Meus sonhos nunca foram tão reais como naquela noite.

Arthur desligou logo o despertador do celular quando começou a tocar, para que eu não acordasse. Ele se levantou e foi ao banheiro. Eu estava acordada, mas fingia dormir, porque queria vê-lo me acordar. Quando ele saiu do quarto, provavelmente para ir ao banheiro, me ajeitei na cama e esperei. Parecia estar em um sono profundo, mas só parecia! Ele voltou, já havia tomado banho e o cheiro de perfume invadiu o quarto assim que ele entrou. Em seguida, sentou-se ao meu lado e alisou meu cabelo. Eu me mexi. Ele se aproximou de mim.

— Bom dia, minha linda! — ele disse.

Eu resmunguei, virei para ele, olhei de forma cautelosa, como se a claridade tivesse invadido a privacidade dos meus olhos.

— Bom dia! Que horas são? — perguntei.

— São sete horas agora. Pensei em tomarmos café e sairmos daqui umas dez pras oito. Sua mãe já deve ter saído a essa hora, não é?

— Sim, ela sai sete e meia.

— Dormiu bem?

— Perfeitamente bem. E você?

— Não poderia ter dormido melhor! — Ele me deu um beijo na testa.

Eu me ergui um pouco na cama, levantando-me em seguida.

— Bom, vou ao banheiro!

— E eu vou arrumar as coisas lá embaixo para tomarmos café.

Fui ao banheiro e me olhei no espelho. Parecia melhor... Mais bonita, menos preocupada, mais feliz! Lavei o rosto e fiz a higiene de que tanto precisava. Penteei os cabelos e os prendi em um rabo de cavalo. Voltei ao quarto, arrumei a cama e calcei as sandálias. Desci.

— Café ou chocolate? — Arthur perguntou assim que me ouviu descendo as escadas.

— Chocolate. — Cheguei perto dele e ele me prendeu em seus braços e me deu um beijo. — Não podemos demorar... — interrompi.

— Ok! Vamos comer, então!

Sentamos à mesa e tomamos nosso segundo café matinal juntos. O primeiro havia sido naquele dia em que adormeci nos braços dele, chorando. A diferença é que os pais dele não estavam ali e eu fiquei mais à vontade. Ele arrumou o material e fomos, então, em direção à minha casa. Liguei para a Carol no caminho.

— Carol...

— Luíza, tem como me explicar agora onde você está?

— Com o Arthur, no carro, indo pra minha casa pegar o material da escola e trocar de roupa — expliquei.

— O Arthur está com você?

— Sim!

– Ok, então. Na escola a gente conversa direito.

– Minha mãe te ligou?

– Não, até agora não. A gente se fala na escola.

– Ok! Obrigada! Beijos!

Desliguei o telefone e corri para dentro de casa para arrumar minhas coisas. Minha mãe havia deixado a porta encostada, caso eu tivesse esquecido a chave. Coloquei tudo de que precisava na mochila e troquei rápido de roupa. Tranquei a porta e fomos direto para a escola. Chegamos dez minutos atrasados. O prazo era de até quinze minutos, então não levaríamos bronca. Quando fui me despedir do Arthur para entrarmos na sala, ele falou:

– Obrigado por ter ficado comigo... – E alisou uma mecha do meu cabelo.

– Obrigada por tudo! – Dei um beijo nele e fui para a sala.

A aula já havia começado, então as perguntas só viriam na hora do intervalo. Melhor assim, pois teria tempo para me preparar psicologicamente.

17

Conto de fadas

Mal o sinal do primeiro turno tocou e a Carol e a Júlia vieram correndo saber da "noite anterior".

— Conta tudo agora! — Carol segurou minha mão.

— Não esconda nada, Luíza! A gente vai saber se você ousar esconder. — Júlia balançava um dos meus braços.

— Lembre-se de que eu fui cúmplice de tudo. — Carol estava com o dedo em riste.

— Calma, gente! Não é nada disso que vocês estão imaginando aí.

— Ah, não? — Júlia piscou, desconfiada. — Fala, então, pra gente saber se é o que estamos pensando ou não.

— Ele pediu pra eu dormir lá. E eu dormi. Mas foi só isso. Dormir. Dormir. Dormimos.

As duas começaram a rir.

— Fala sério! Não vamos acreditar nesse papo! — Carol balançava negativamente a cabeça.

— Eu juro! É sério! Quando ele pediu, fiquei com medo de haver outras intenções no convite. Então, ele disse que só queria minha companhia e que não pensou em nada daquilo que eu estava imaginando, igual a vocês agorinha! – Sorri. – Pedi que ele prometesse que não tentaria nada, e ele prometeu. E, meninas, ele dormiu do meu lado a noite inteira e não tentou absolutamente nada. Nadinha! Eu precisava testar o Arthur, tinha medo de que ele fosse como o Lucas. Por isso menti pra minha mãe e liguei pra você pedindo que dissesse que eu dormi na sua casa.

– Ele... Ele não tentou nada? – Júlia estava incrédula.

– Nada!

– Ele saiu de onde, hein?! Ele fugiu de algum conto de fadas ou algo do tipo? – Carol pôs as mãos na cintura.

Eu sorri.

– Eu me fiz praticamente a mesma pergunta. Ele foi magnífico comigo, encantador. Vocês não fazem ideia...

– Disse que você podia confiar! Sempre soube que daria nisso! – Carol exibia um lindo sorriso.

Fomos para o pátio e elas prometeram não comentar nada com o Luan e o Pedro. Não queria ninguém falando sobre minha vida com o Arthur. Quando estávamos todos juntos, Pedro tinha dito para eu esperar para poder falar com o Lucas sobre nossa futura conversa. Não queria dar muito tempo para que ele planejasse algo.

Em compensação, felizmente, aquela era a última semana de detenção.

O festival estava chegando, todos animados, e a escola estava uma verdadeira bagunça. Os dias passavam correndo e se aproximava o momento em que teria que falar com o Lucas. Já havíamos combinado como seria tudo e agora só faltava conversar com ele.

Na sexta-feira de manhã, véspera do festival, era o dia marcado para falar com o Lucas. Na hora do intervalo, como o combinado era de que ninguém sairia da sala até que eu falasse com o Lucas, fiquei sozinha no pátio esperando ele aparecer.

Esperei uns cinco minutos, até que ele apareceu. Decidi ir ao encontro dele.

– Lucas... – chamei, me aproximando. Eu já estava tremendo.

– Luíza? – Ele me olhou confuso.

– Preciso falar rápido, antes que alguém veja.

– O que foi?

– Pensei no que você me disse, e acho que... Que a gente podia conversar, sim. Mas eu não quero meter o Arthur nessa história. Seu problema é comigo. Então, resolva comigo, deixe ele em paz. Ele não tem nada a ver com o que aconteceu.

– Nossa! De onde saiu toda essa... essa coragem? – ele zombou.

– Só quero resolver isso logo!

– Quando, então? Onde? Quer escolher?

– Amanhã, depois da apresentação da Estela, aquela menina da sua sala. Quero ouvi-la cantar. Então, depois que ela acabar, a gente sai sem que ninguém perceba. E eu te digo aonde ir. Pode ser?

– Ninguém vai notar?

– Eu vou dar um jeito!

– Perfeito, então!

– A gente conversa, e isso acaba, ok?

– Ok!

Imediatamente, me retirei. Meus olhos queimavam. Não sabia bem o porquê, mas algo me dizia que eram lágrimas querendo saltar. Não ia chorar. Não por medo. Fui ao banheiro e mandei mensagem para que os outros pudessem sair da sala. Quando Arthur chegou perto de mim, logo notou que eu não estava muito bem. Ele me abraçou apertado e ficou por uns minutos sem me soltar. Tinha tanto medo de perdê-lo. Precisava acabar com aquilo logo, para ser totalmente dele. Um pedaço de mim estava aprisionado ao Lucas. Era algo involuntário. Isso precisava ter fim. E era o que eu faria. Teria coragem suficiente para terminar com aquela história toda. Não por mim, mas pelo Arthur.

À noite, Arthur passou na minha casa para me buscar. Não me disse para onde iríamos, mas disse que seria especial.

— Você e essa sua mania de me deixar curiosa! Era pra gente estar ensaiando uma hora dessas... O festival é amanhã! — disse enquanto estávamos no carro.

— Nós já ensaiamos bastante!

Fomos até a lancha do pai dele. Quando entramos, notei que algo estava diferente. Eles haviam mudado a decoração da lancha. Tinha ficado mais bonito ainda. Mas não imaginava o que Arthur queria com aquilo tudo.

— Pra onde vamos?

— Pra ilha!

— Vamos descer desta vez?

— Vamos!

Foi a única coisa que ele me informou. Quando a lancha parou na ilha, ele veio trazendo uma bolsinha lá de dentro.

— Bom, aqui está o biquíni. Vá lá dentro se trocar... Não quero que molhe sua roupa.

— Como comprou biquíni pra mim?

— Não fui bem eu... — Ele sorriu. Sabia que tinha sido uma das meninas.

Peguei a bolsa e sentei. Era um biquíni cor-de-rosa e preto, e, pelo visto, tinha sido a Carol quem comprara. Era muito a cara dela. A "danada" havia acertado em cheio no tamanho.

Vesti e, morrendo de vergonha, voltei para a parte de cima da lancha. Encontrei com Arthur, de sunga, sem camisa, de costas para mim. Eu o abracei por trás e ficamos assim por uns cinco minutos. Sem me olhar, ele perguntou:

— Ficou bom?

— A Carol acertou em cheio! — Sorri.

Ele sorriu de volta, virando-se para mim.

— Você está linda! — ele falou, e eu corei.

— Vamos ou não entrar na água? — perguntei, minhas bochechas da cor do biquíni.

Ele desceu primeiro, e depois me segurou para que eu descesse também.

— Nossa! A água está ótima!

— Se estivesse gelada, ia poupar nossa saúde desse martírio. — Ele piscou para mim.

— Aqui é lindo... — Estava enfeitiçada por aquele lugar.

— Mais lindo ainda com você aqui. — Ele segurou meu rosto entre suas mãos quentes e me beijou.

Sim, parecia um conto de fadas. E ele parecia um príncipe de verdade. Meu príncipe agora. Meu! Ficamos ali, abraçados dentro d'água. Rindo, nadando, conversando, nos beijando. Eu não queria que aquilo acabasse. Só de pensar que o Lucas poderia arruinar tudo. Agora que estava conseguindo ser feliz de novo, corria o risco de tudo desabar novamente. Tentei não pensar nisso e aproveitar o momento.

— Por que está quietinha? — Arthur percebeu.

— Pensando...

— Posso saber em quê?

— Em tudo! Em como eu cheguei aqui, em você...

— Está arrependida? Não está gostando? — ele me perguntou, confuso.

— Não, não, claro que não! Nunca gostei tanto de uma coisa como estou gostando deste momento. A vida é um mistério, não é mesmo? Quando eu iria imaginar que conheceria você?

— Quando você iria imaginar que teria alguém tão lindo como eu na sua vida, não é? — Ele sorriu.

— E convencido também... — Apertei sua bochecha e ele sorriu mais uma vez.

— Você está preocupada com amanhã, Luíza?

— É! Acho que sim.

— Olha pra mim... — Ele segurou meu rosto junto ao dele. — Não vai acontecer nada, eu garanto! As coisas vão se resolver, como já eram pra terem sido resolvidas. E nada nem ninguém vai acabar com o que a gente está construindo agora. Ninguém vai te tirar de mim. Não vou permitir, ouviu?

Fiz que sim com a cabeça e encostei meu rosto em seu ombro.

— Obrigada, Arthur! — falei, contendo as lágrimas.

— Vou ficar sempre do seu lado, amor... Sempre! — Ele deu um beijo na minha cabeça e ficamos assim por uns minutos.

Voltamos para a lancha e ele me deu uma toalha para que eu me secasse. Entrei e me troquei. Quando voltei para onde ele estava, ele também já estava seco e havia trocado de roupa. Abraçou-me apertado e pediu que eu me sentasse. Voltou com uns aperitivos que a mãe dele tinha preparado para mim e nos sentamos para comer. Depois de rirmos à vontade e conversarmos, ele disse algo em meio a beijos meus perdidos roubados por ele.

— Luíza, queria te perguntar uma coisa.

— Então, diz. — Sorri.

— Você confia em mim?

— Muito. Confio muito. Por quê?

— Eu quero te dizer que eu jamais vou tentar algo com você

antes que se sinta preparada. E, se isso levar meses, eu vou esperar. Se levar anos, eu esperarei. O que eu queria, já consegui: você! O resto é só detalhe. Você entende?

Não consegui falar nada. Fiz que sim com a cabeça e meus olhos brilharam; eram lágrimas de emoção querendo saltar. Eu o beijei. E dessa vez foi tão intenso e tão bom que cheguei a pensar em dar a ele todos os detalhes que poderia querer. Mas pensei com calma e vi que não era o melhor momento para isso. Depois de um tempo voltamos para a cidade.

Quando sentamos no carro, veio aquela sensação de melancolia quando as coisas boas chegam ao fim. E que no próximo dia já seria o festival, e teria o Lucas, as montanhas...

— Não queria que essa noite acabasse nunca! — exclamei.

— E não vai, porque vamos ter várias outras! — Ele sorriu e apertou minha mão.

— Eu não queria que você tivesse que passar por isso, Arthur! Não queria nem que você estivesse amanhã nessa conversa com o Lucas.

— É claro que eu vou! E, na verdade, eu é que não queria que você tivesse que passar por isso, ter que voltar para aquele lugar, com aquele desgraçado. Você não sabe o quanto estou me sentindo impotente por não fazer nada. Mas sabe o que me conforta? É saber que é só amanhã, e acabou. Depois você será completamente minha. Sem nenhum assunto pendente preso no coração. Lu, faço qualquer coisa, o que for preciso, pra ter você comigo. E, depois que isso acabar, a gente vai poder viver. Sem mais ninguém pra perturbar e te fazer sofrer.

— Você tem razão. Nunca vou ser feliz por completo se não vencer isso.

O Arthur estava certo. Estava acabando. Assim esperava, pelo menos.

18

Existe a realidade e uma invenção dela

Quando acordei pela manhã, a claridade me dizia que eu precisava levantar e encarar aquele dia. Não seria fácil, mas era preciso acontecer! Assim que levantei e tomei café, fui com a Carol e a Júlia à rua comprar as coisas que faltavam para elas participarem do festival. As horas passavam rapidamente e eu sabia que estava chegando o momento. Tentei não pensar nisso durante o dia inteiro, mas era difícil. Marquei com o Arthur a hora que ele iria me buscar. Já estava nervosa! O festival estava marcado para oito da noite, mas o Arthur, não se aguentando de ansiedade, chegou às sete.

– Lu! – ele disse quando eu abri a porta e o abracei apertado.
– Tudo bem?
  – Nervosa!
  – Vai dar tudo certo!
  – Entra!

Ele entrou e se sentou. Minha mãe estava no banho e meu irmão, trancado no quarto jogando *videogame*. Terminei de me arrumar e logo desci para me juntar ao Arthur. Ele estava tão lindo!

— Estou pronta! Quer passar a música? – disse, assim que me aproximei.

— Não! Quero ficar com você. – Ele me puxou pela cintura e me deu um beijo. – Vamos ali no carro, quero te entregar uma coisa.

Ele era cheio de surpresas, e eu gostava disso, gostava muito! Quando chegamos ao carro, ele abriu a porta, pegou uma caixinha e me entregou.

— O que é isso?

— Abra!

Puxei a fita que enrolava a caixa com cuidado, e, ao abri-la, fiquei surpresa: era um minipiano, um *suvenir* lindo.

Sorri para ele.

— Vi em uma loja e me lembrei de você – ele respondeu.

— Adorei! Lindo! – Dei um abraço nele. – Obrigada! – Ele pegou uma mecha do meu cabelo e a colocou atrás da minha orelha. Eu corei.

Todo mundo havia decidido ir nesse festival, inclusive minha mãe e o namorado. Já estava nervosa por voltar a tocar, ainda tinha a história do Lucas – meu dia estava completo!

É triste não saber do futuro, mas, sinceramente, nem sei se gostaria mesmo de saber. Talvez perdesse a graça, a espontaneidade se eu soubesse.

Fomos exatamente no horário marcado para o festival. Assim que chegamos lá, fomos olhar os camarins improvisados, que tinham feito para todos os participantes, para ver se achávamos a Carol e o Pedro. Roupas de tango eram tão lindas e românticas! E, com eles usando, seria ainda mais divertido. Eu e Arthur pedimos para não ficar em nenhuma sala, não queríamos que ninguém soubesse da nossa participação. Quando chegamos onde estavam Pedro e Carol, tomamos um susto.

— Meu Deus, Pedro, você está... — Comecei a rir, e Carol não pôde controlar o riso que tanto devia estar segurando. — Muito diferente!

— Estou ridículo com essa roupa, podem ser sinceros!

— Não, estava aqui pensando: o uniforme do time poderia ser assim agora — Arthur brincou.

— Para, gente, não falem assim! Você está lindo, amor. Lindo, lindo! — Carol o defendeu com um sorriso no rosto.

— O que não se faz pela namorada, não é mesmo? — Pedro sorriu e deu um beijo em Carol. — Mas, e então, tudo preparado pra mais tarde?

— Mais ou menos. A Luíza está nervosa — Arthur respondeu por mim.

— Vai dar tudo certo, Lu! Você vai ver. E isso logo, logo, vai acabar.

— Espero ansiosamente! — respondi sorrindo.

Ao sairmos da sala, meu coração estava acelerado. Nós cantaríamos antes da Estela, e, depois, eu sairia com o Lucas para nossa conversa. A cada pessoa que chegava, eu tinha aquele sentimento de que seria a última vez que a estaria vendo. Sim, sentia uma sensação ruim.

As pessoas foram ocupando os lugares. Minha mãe chegou com o Miguel e meu irmão — eles estavam tão lindos. E se eu não os visse mais? Não teria tempo nem de agradecer por tudo que eles fizeram por mim. Por todas as noites que minha mãe havia dormido comigo no hospital. Por todos os momentos que meu irmão me fizera rir, mesmo deitada em uma cama sentindo dor. Era difícil, para mim, acreditar e ter o otimismo de que sairia viva desse momento. Poderia até sair viva, mas nunca inteira. O Lucas fazia parte de mim, querendo ou não. Nunca havia resolvido aquela situação realmente. Mas tinha plena convicção de uma coisa: o pedaço que Lucas ocupava em mim impedia o Arthur de ocupá-lo por inteiro. E eu tinha certeza de que o Arthur me faria o bem de que tanto precisava. E que eu o amava.

Enfim, o festival começou.

O Lucas fez questão de se sentar em um lugar de onde pudesse me observar. Já estava incomodada demais. O Arthur ficou o tempo todo do meu lado, segurando forte a minha mão. As apresentações começaram. Muita música, muita dança, muitos sorrisos. Meu coração estava acelerado. Carol e Pedro foram se apresentar. Aquele foi o único momento em que sorri de verdade, pois foi extremamente hilário ver aquela cena.

— Filma isso! Os filhos deles vão precisar ver! — Arthur comentou, sorrindo.

— Ficará pra história!

Quando eles acabaram, foram direto trocar de roupa, e compreendi que a hora estava chegando. Passaram-se mais três apresentações. Chegara a minha vez. Quando meu nome e do Arthur foram anunciados, vi o semblante assustado das pessoas. Fazia alguns anos que eu não participava de nada e aquele momento significava minha volta. Ou minha ida de vez.

A Carol e o Pedro já estavam sentados com a Júlia e o Luan. Ambos estagnados, vidrados e sem esboçar nenhuma reação além de espanto. Subi ao palco de mãos dadas com o Arthur. Consegui ver o rosto de todos com o foco em mim. Só não queria ter que ver o Lucas. Já o veria de qualquer forma depois. O Arthur apertou minha mão com força e em seguida soltou para que eu pudesse me sentar ao piano. Eu tremia, e demorei uns segundos para raciocinar onde estava e o que estava prestes a fazer.

Arthur fez sinal de que eu poderia começar. Quando meus dedos começaram a se movimentar sobre o piano, senti um vento gelado por todo meu corpo. Não sei se era nervoso, se era ansiedade. Não sei. Mas senti novamente a alegria que eu tinha em estar ali, fazendo uma das coisas que mais amava. Comecei a cantar e, quando a voz do Arthur se juntou à minha, sorri, e meus olhos brilharam com as lágrimas que queriam saltar. Estava feliz. Muito feliz. E com medo.

Cantamos com os olhos fixos um no outro. O som tranquilizador do piano aos meus ouvidos me fez relaxar. Aquele momento foi único. Como nenhum outro. Se é que existiriam outros depois daquele.

Quando a música acabou, percebi que chegava a hora. Descemos do palco e nos olhamos profundamente. Arthur me deu um beijo longo e, com seus braços apertados no meu corpo, senti que jamais estaria sozinha novamente. Ele me encheu de coragem, de esperança. Uma onda de otimismo invadiu minha mente e logo se aproximaram meus amigos admirados falando todos ao mesmo tempo:

– QUE LINDO! – Júlia me abraçou.

– Luíza, por que não nos contou? – Carol também veio me abraçar.

– Não sabíamos que o capitão cantava... – Pedro cumprimentou Arthur.

– Queríamos fazer uma surpresa. Gostaram? – perguntei.

– Se a gente gostou? Foi muito bom! Vocês deram um show! – Luan disse.

– Que bom que você voltou a tocar, amiga, não sabe como fico feliz. – Carol me deu outro abraço.

Aproveitei o máximo que pude daquele abraço... Não sabia se poderia abraçar minha amiga novamente.

— O Arthur está mesmo te fazendo bem... — Pedro zombou. Sorrimos.

— A Estela já está cantando? — perguntei, preocupada ao ouvir uma voz familiar vindo do palco.

— Já! Está na hora... — Júlia disse, respirando fundo.

— Está tudo certinho? — perguntei.

— Tudo arrumado já. O carro do Arthur está nos fundos; assim que você sair com o Lucas, a gente parte atrás — Pedro deu as coordenadas.

— Preciso ir então, não é? — perguntei, querendo ouvir um não como resposta. Mas sabia que não havia essa possibilidade. Faltava pouco.

— É! Acho que já pode ir, pro Lucas não desconfiar. A gente finge que está assistindo... Vai voltando um por um para ver a apresentação!

Júlia me abraçou com força. Apertado. Senti que se continha para não chorar, segurando-se para não me deixar mais nervosa.

— Amiga, olha pra mim! Vai dar tudo certo — ela disse, os olhos brilhando.

— Sei que vai! Eu te amo, amiga! — Abracei-a de novo.

Logo em seguida, o Luan me abraçou também e se retirou com a Júlia, voltando para o auditório.

— Luíza, nós estaremos lá, do seu lado. É só dar o sinal e qualquer coisa a gente te tira de lá... — Carol disse, me abraçando.

— Ok! Obrigada, amiga! Eu te amo!

— Olha, deixa o meu número salvo no celular como última chamada. Vamos estar por perto, olhando, mas, caso algo dê errado, é só rediscar. Está bem? — Pedro perguntou.

— Tudo bem. Se perceberem que algo está errado, chamem a polícia. Não vou deixar passar novamente... — respondi.

Carol e Pedro também saíram e, enfim, fiquei sozinha com o Arthur. Os olhos dele brilhavam e temiam encontrar os meus. Eu imaginava a dor que ele sentia, porque eu me sentia da mesma forma.

— Arthur... Olha, não faça nada precipitado! Espere o momento certo. Vou conversar com ele... Pense positivo, vamos ser felizes. Sem o Lucas, sem nada nem ninguém pra atrapalhar! — tentei consolá-lo.

— Me promete que não vai se arriscar mais do que já está se arriscando? Não vou tirar os olhos de você... Juro! — ele falou, preocupado.

— Não vou me arriscar... A qualquer suspeita, vou dar o sinal! Sei que estou segura. Estamos fazendo isso pro nosso bem, pra nossa felicidade. Agora preciso ir, antes que ele desconfie de algo.

— Eu te amo! — Arthur disse, olhando para mim.

— Eu também! Também te amo muito.

— Você é só minha... Aquele desgraçado não vai te tirar de mim!

— Nunca!

— Nunca!

Ele me beijou. Foi rápido, mas tão intenso que senti minhas pernas tremerem. Voltei para o local onde acontecia o festival, e fui à procura do Lucas em busca de finalizar o que me prendia e me matava aos poucos, para conseguir minha verdadeira felicidade. O irreal pode se tornar viciante, e ser extremante frustrante. Agora o real... Bom, pode sufocar mesmo que ainda não tenha acontecido. Mesmo que ainda seja uma hipótese.

19

Ele certamente era mais esperto do que eu...

~~~❦~~~

Encontrei o Lucas me esperando perto de umas cadeiras vazias. Fiz sinal para ele e fui em direção ao carro. Ele não parecia ter percebido minha ausência nem nada mais. Confiava firmemente que ele não havia notado que tudo aquilo era uma armação. Assim que entramos no carro, ele perguntou:
— E o seu namorado?
— Está no banheiro. Disse a ele que minha mãe iria me levar para casa porque não estava me sentindo muito bem, e que era para passar lá em casa quando terminasse o festival.
— Ele não desconfiou de nada?
— Acredito que não! Disfarcei bem.
— É bom mesmo! Pra onde vamos?
— Pras montanhas.
— Pras montanhas? Mas eu pensei que...
— Precisamos de um lugar discreto onde não tenha ninguém.
— Tudo bem. Vamos.
Fui em silêncio, o celular próximo à mão, nervosa, tremendo. Conforme ele ia subindo e se aproximando do local, meu

coração acelerava. Aquela nostalgia me sufocava, tirando-me o ar. Comecei a procurar sinal do carro do Arthur, e avistei um farol bem ao longe. Soube que eram eles quando, chegando perto do local onde tinha dito que pediria ao Lucas para parar o carro, vi o carro de trás virando em uma ruazinha próxima. Sabia que agora eles estavam por perto.

No mesmo local que o Lucas havia parado há dois anos, falei para que estacionasse o carro. Gelei. Tremendo ao extremo, pedi a ele que conversássemos do lado de fora, pois não me sentia bem dentro do carro. Ele aceitou, e saímos.

— Então, seja breve: o que você quer comigo? — perguntei friamente.

— Luíza, olha, eu sei que agi errado com você. Sei que não gostou da forma como propus as coisas. Mas não consigo tirar você da cabeça...

— Já se passaram mais de dois anos... Por que você voltou pra cá? Seus pais juraram que iriam embora pra eu não te denunciar.

— Sei disso! Mas não conseguia ficar longe de você; todas as noites ficava pensando em como estava, onde estaria.

— Mas você não pensou em mim quando me jogou ali embaixo, não é? — Apontei para o precipício.

— Foi um acidente. Não queria nada daquilo! Só queria você. Seu amor. Seu corpo. — Ele se aproximou de mim, encostando a mão em meu rosto.

— Fique longe! Só vim aqui pra te ouvir e dizer que te perdoei e que quero esquecer tudo o que aconteceu, de verdade. Mas agora você é passado, e, quando digo que quero esquecer tudo, é tudo mesmo, inclusive você. Você não é uma parte agradável do meu passado. Portanto, quero apagar isso da minha memória e viver minha vida.

— Não, Luíza, eu quero que você me perdoe, mas quero que também volte pra mim. Você sempre será minha, só minha. Você sabe que me ama e que sempre me quis.

— Quis mesmo. Mas você conseguiu estragar isso. Agora eu não quero mais, eu amo o Arthur e quero ficar com ele. E você tem atrapalhado minha felicidade.

— Nunca! Eu sou a sua felicidade... E você não ama aquele idiota.

— Amo, sim. Você nunca chegará aos pés dele. Ele é tudo o que você nunca foi e jamais será. Ele me ama de verdade, Lucas, e me respeita.

Percebi que ele se aproximava demais e me fazia andar cada vez mais para o precipício no qual fora jogada há dois anos. Comecei a me preocupar. Mas sabia que meus amigos estavam por perto. Dei um toque para o celular do Pedro, para ficarem atentos.

— Posso te dizer uma coisa? — ele disse, e se aproximou mais.

— Diga — respondi, nervosa.

— Se você não for minha, não será de mais ninguém — ele riu debochadamente.

— Você não pode me obrigar a ser sua.

— Não posso? — Ele tirou uma arma do bolso.

Meus olhos se arregalaram e fiquei sem reação. Não havia pensado naquela possibilidade. Uma arma. Um precipício. Serviço perfeito. Ninguém jamais saberia que tinha sido ele. Ele certamente era mais esperto que eu.

— Tire a roupa.

— O quê?

— Não disse que você seria minha? Tire a roupa e entre no carro. Ou pode ser aqui mesmo, não tenho problema com isso.

— Jamais!

— Vai arriscar, Luíza? Não torne as coisas mais difíceis como da última vez. Tentei da melhor maneira possível, mas você não quis.

— Prefiro morrer a ver você encostando essas mãos imundas em mim.

Senti meu coração disparar. Sabia que ele não levaria aquilo na brincadeira. Tinha ficado mais perigoso do que havia pensado que poderia ficar. Respirei fundo e fechei os olhos. "Acabou pra mim", foi o que pensei. Jamais voltaria a ver o rosto da minha mãe e do meu irmão, nem das meninas ou do Arthur. Minha vida estava acabada. O plano dera errado. E meu futuro seria enterrado ali.

Em meio a esse monte de pensamentos e emoções perdidas em minha mente, ouvi uma voz, que mais parecia a de um anjo.

— Solta essa arma, Lucas — Arthur veio gritando, enquanto corria para chegar o mais próximo que podia de mim.

Lucas sorriu cinicamente, apontando a arma agora para o Arthur e me deixando presa atrás dele, correndo o risco de cair precipício abaixo.

— Não acredito! Sério que você planejou tudo isso, Luíza? Sério que você achou que eu fosse burro o suficiente pra não saber contornar a situação? Achei que você fosse mais inteligente...

— Largue a arma, Lucas, por favor! — pedi encarecidamente. Agora não era apenas a minha vida que estava em risco.

— E você achou mesmo que a Luíza ficaria sozinha com você, seu maníaco desgraçado, no meio do nada? Ou você é muito burro, ou muito ingênuo — Arthur disse.

— Ela é só minha. Você nunca vai ter nada com ela.

— O que você quer hoje? O corpo dela? Até poderia forçar a barra e ter. Mas de que adianta, se o coração dela é meu?

— Eu amo o Arthur, Lucas. E você não pode fazer nada pra mudar isso — respondi, concordando.

— Calem a boca ou eu mato os dois! — Lucas gritou, revoltado.

Vi o Pedro se aproximar.

— Ninguém vai morrer aqui hoje, Lucas.

Segundos depois, ouvimos a sirene da polícia e a viatura chegando.

— SOLTE A ARMA E DEITE NO CHÃO AGORA! — ouvi um policial gritar.

Percebi que o Lucas não deixaria barato; percebi também que ele pensou por uns segundos, e sabia que ele planejava algo. Com aquela arma apontada para o Arthur, a única coisa em que consegui pensar foi tentar tirar a arma da mão dele.

Impulsivamente, me lancei por cima do Lucas, segurando a arma e caindo com ele no chão. Então, ele apertou o gatilho. Fechei os olhos. Fui tentar ajudar e piorei as coisas. Não queria ver o Arthur morrendo por minha causa. Era óbvio que eu jamais conseguiria lidar com aquela situação.

Senti alguém me afastando do Lucas e ouvi barulho de algemas. Abri os olhos. Vi o Arthur sentado, intacto, no chão. O Pedro do lado ajudando-o a se levantar. Para onde fora aquele tiro, então? Os policiais estavam bem, o Arthur e o Pedro também. Vi o Arthur correndo em minha direção e se abaixando em minha frente. Eu já estava sentada, os olhos estatelados e confusos. Ele me abraçou. E eu chorei. Não queria largá-lo nunca mais, não podia mais largá-lo. Só a dor que havia me causado imaginar sua morte e não tê-lo nunca mais... Jamais poderia me afastar dele novamente.

Assim que os policiais foram embora, levando o Lucas com eles, o Arthur me conduziu ao carro, onde as meninas e o Luan aguardavam nervosos e ansiosos. Elas me abraçaram e choraram junto comigo. Ainda estava em choque. Não conseguia raciocinar. Entramos no carro e, conforme íamos nos afastando daquele lugar, fui voltando ao normal, colocando os momentos vividos ali no devido lugar em minha mente. O Arthur segurou minha mão com força, sorri para ele. Meus olhos, inchados pelas lágrimas, pareciam doer conforme eu piscava.

"Acabou!", foi o que pensei. Era o fim daquele tormento... Agora eu seria feliz. Tinha tudo de que precisava. Uma sensação de conforto e prazer envolveu meu corpo. Fora doloroso, mas valera a pena. Conseguira minha alforria. Minha liberdade estava agora em minhas mãos. Tudo que me machucava e me feria fora levado com aqueles policiais. Jogado precipício abaixo.

Quando chegamos ao centro da cidade e passamos pelo festival, vimos poucas pessoas e notamos que já havia acabado. Paramos o carro para que nossos amigos pudessem sair.

— Você vai pra casa, amiga? — Carol perguntou, preocupada.

— Não! – respondi sorrindo, e percebi a cara de espanto de todos, inclusive do Arthur.

— Não? – Arthur perguntou confuso.

— Não! Nem vocês... Vamos todos comemorar! – Sorri.

— Mas você está bem pra isso? Achei que tivesse sido muita informação... – Júlia se preocupou.

— Estou aliviada, amiga. A única coisa que quero é comemorar com vocês... Porque, se não fossem vocês lá comigo, eu não sei o que seria de mim! Então, todos estão com fome? – perguntei sorrindo.

— Claro! Vamos, então! Peguem seus carros, Pedro e Luan, vamos nos encontrar na pizzaria. Pode ser? – Arthur perguntou, animado.

— Claro! Vamos, então! – Pedro e Luan saíram para pegar os carros, com um sorriso que mal cabia no rosto de cada um deles.

Amigos quando são amigos de verdade sofrem com você, preocupam-se com você, choram com você. E, mais ainda, quando você quer comemorar, quando você está bem e feliz, eles querem estar ao seu lado para observar e se deleitar com cada sorriso seu. E, sim, eu tenho amigos assim.

Quando chegamos à pizzaria, escolhemos a melhor mesa e nos sentamos para fazer o pedido. Depois, começamos a conversar e a brincar como, há tempos, não fazia. Não conseguia me lembrar da última vez em que me senti tão bem daquele jeito. Tão aliviada.

— Nem acreditei que acabou! — comentei.

— Você foi muito corajosa, Lu! — Júlia apertava minhas mãos.

— Só uma coisa que deu errado! — Luan comentou.

— O quê? — perguntei confusa. Não havia observado nada de errado.

— O Arthur. Ele não tinha nada que ter ido lá... A polícia já estava chegando. E ele podia ter levado um tiro no meio da testa — Luan respondeu.

— Não consegui! Tive a impressão de que, se eu não fosse lá, poderia perder a Luíza de vez! Aquele desgraçado estava com a arma apontada pra ela... Antes eu do que ela — Arthur se defendeu.

— Foi arriscado mesmo! — Carol comentou.

— Mas eu iria morrer se o Arthur não tivesse chegado. Tinha certeza de que Lucas iria atirar em mim naquela hora — eu recordei. — Ele queria que eu tirasse a roupa... E eu disse que preferia morrer a vê-lo colocando as mãos em mim. — Respirei fundo.

— Ainda bem que eu fui, então! Quando o ouvi falando aquelas barbaridades com você, eu não aguentei e tive que ir... — Arthur falou, tenso.

— Mas, enfim, deu tudo certo. Vamos mudar de assunto? Viemos comemorar, não foi? — Pedro perguntou.

— Isso! O Pedro tem razão! Viemos comemorar... — respondi.

Conversamos, brincamos, sorrimos. Foi o momento pelo qual esperava inconscientemente. O momento que eu podia ser eu mesma, sem medo, sem traumas, sem fantasmas.

Quando acabamos, o Arthur foi me deixar em casa. Já estava tudo apagado em casa, minha mãe e meu irmão já deviam estar dormindo.

— Bom, você precisa descansar! — Arthur comentou.

— E você também... — Apertei as bochechas dele.

— Merecemos esse descanso... Agora, você é minha! E vamos passar o resto de nossa vida juntos! — Arthur se aproximou de mim.

— Para sempre! — acrescentei.

— Ah, Luíza, tem mais uma coisa! Você perdeu a aposta! — Ele piscou para mim.

Fiz que sim com a cabeça. E agora teria que cumprir com o combinado, mas já não seria um martírio para mim.

Voltamos a nos beijar, porém dessa vez foi diferente porque agora eu era a Luíza de verdade. Sem máscaras, sem dor. Eu era a Luíza que o Arthur sabia que existia e que lutou para acordar. Eu estava com o pedaço que faltava do meu coração prontinho para ser entregue a Arthur. E agora sim eu seria feliz.

Dormi pesadamente. E descansei. Pela primeira vez, depois de muito tempo, descansei de verdade.

No outro dia, contei tudo para minha mãe, e, apesar de ouvi-la reclamar bastante, percebi nitidamente que ela tinha ficado feliz por eu estar de volta. Todos estavam felizes com aquilo.

Nos dias que se passaram depois daquilo tudo, fui aprendendo a viver novamente, dando valor a cada coisa que acontecia, planejada ou não – tudo tinha seu valor, tudo era importante. Cada segundo, cada momento, cada sorriso.

Passamos por coisas na vida em que achamos que tudo está perdido e que nada mais nos fará feliz, nada mais nos fará bem. Mas, com o tempo, percebemos que todo problema tem solução, e que a nossa força de vontade também conta muito. Querer sair do lugar de acomodação e procurar a felicidade novamente é uma das melhores formas para encontrá-la.

Meu maior problema era não querer ir atrás da felicidade. Achava que estava bem da forma que estava, machucada, ferida, e, sim, muito acomodada. Mas agora sei que tudo por que passei foi uma forma de me fazer apreciar a vida ainda mais, e ver que o amor verdadeiro existe sim; que existem, sim, pessoas capazes de nos esperar, de nos amar, de nos respeitar. E que o amor-próprio está acima de tudo. Que, antes de amar alguém, precisamos nos amar e nos valorizar.

Depois desse momento, descobri que o Arthur era a pessoa por quem tinha esperado a vida inteira, e o Lucas foi um dos erros que cometi no decorrer da vida. Mas eu não carregava esse peso mais comigo. Meu passado ficara para trás. Agora tinha uma vida nova pela frente. Com amigos de verdade, uma família que me amava, com o amor da minha vida. Deus é perfeito e nos concede bênçãos no tempo certo... Chegou minha vez de ser feliz!

20

A viagem

AQUELE EPISÓDIO NAS MONTANHAS havia completado quatro anos. A data de "comemoração" era um sábado frio e com pouco sol. A campainha da minha nova casa tocou às nove da manhã. Ouvi minha irmã Karine, a filha do Miguel que passava férias em casa, já que seu pai agora era marido da minha mãe, falando lá embaixo:

— A Luíza ainda está no quarto, Arthur! Mas pode subir!

Quando ouvi o nome do Arthur, levantei correndo, escovei os dentes e penteei o cabelo rapidamente. Ouvi baterem à porta.

— Amor, abre aí! Preciso falar com você...

— Já vou abrir, só um minuto! — Arrumei mais ou menos a bagunça em que meu quarto se encontrava e saí correndo em direção à porta. Mesmo depois de quatro anos, meu coração ainda palpitava só de ouvir a voz dele. — Oi, meu amor! — Abri a porta sorrindo.

— Oi, minha linda! — Ele me deu um beijo e foi logo entrando e sentando na minha cama.

— Aconteceu alguma coisa pra você estar aqui a essa hora? — perguntei, preocupada.

— Mais ou menos! Preciso te fazer uma proposta.

— Faça. — Eu me sentei ao seu lado.

— Minha mãe e meu pai vão fazer uma viagem a trabalho esta semana. E eles queriam que a gente fosse fundo. Vim saber se sua mãe vai deixar você ir...

— Viagem? Pra onde?

— Você vai adorar... Por isso estou fazendo tanta questão de ir! Você sabe que não gosto de viajar com meus pais quando eles estão trabalhando.

— Conta logo, amor, pra onde? Estou curiosa!

— Ushuaia, na Argentina!

— AI, MEU DEUS! Que perfeito! Eu preciso ir! Quero muito ir... Vou chamar minha mãe e o Miguel... Espere um minuto. — Desci correndo as escadas e gritei para que minha mãe e o Miguel pudessem vir ao meu quarto. Minha mãe não gostava muito de me deixar viajar sozinha, ainda mais para fora do país, mas ela sabia que aquele lugar era meu sonho desde criança.

— O que houve, garota? Que escândalo é esse? — Minha mãe me encontrou toda descabelada e afobada, com o Miguel ao lado.

— Então, olha só vocês dois, os pais do Arthur vão fazer um trabalho em Ushuaia, na Argentina, e eles querem que a gente vá com eles! Deixa, mãe? Sou louca pra ir lá... Sempre quis ir! Por favor? Só volto a estudar daqui a duas semanas... Deixa? Miguel, me ajude a convencê-la? — eu estava desesperada.

— Amor, deixa sua mãe falar! Fica calma! — Arthur disse sorrindo.

— Luíza, você acha mesmo que eu vou deixar você ir pra Argentina assim? Do nada? — Minha mãe falou e meu coração acelerou na hora.

— Por que não? É com os pais do Arthur... Poxa, mãe! — eu me entristeci.

— Claro que vou deixar, não é, garota! Você sempre foi louca pra ir lá. Vá e tire muitas fotos... Se eu gostar, vou com o Miguel lá depois. Não é, amor?

— Claro! Vamos, sim! — Miguel era quase um anjo, de verdade.

— Vocês vão quando, Arthur? — minha mãe perguntou.

— Hoje à noite. Por isso quis vir aqui cedo. Meu pai vai comprar as passagens agora. Só está esperando minha ligação!

— Hum! Ok! Então, vai ajeitar suas coisas, Luíza! Leve bastante roupa de frio, pra não morrer congelada. — Minha mãe piscou um de seus olhos e eu a abracei, agradecendo.

Ela e Miguel desceram e eu pude comemorar com o Arthur a nossa linda viagem. Eu o beijei várias vezes e ele me ajudou a arrumar as coisas.

O resto do dia foi de pura ansiedade. A Karine me emprestou algumas blusas de frio, já que onde morava não fazia tanto frio assim e quase não tinha casacos. Ela também me ensinou algumas técnicas para usar a câmera nova que eu havia ganhado e terminamos de ajeitar as coisas. Liguei para a Carol e a Júlia contando as novidades. Quando os pais do Arthur foram me buscar, eu estava muito ansiosa e nervosa! Eu me despedi da minha família e fui para o carro.

Pegamos o primeiro voo da noite para Buenos Aires e de lá pegaríamos mais outro para Ushuaia, a cidade mais ao sul do planeta, conhecida como o fim do mundo. Estava tudo perfeitamente bem, até o momento em que chegamos ao hotel e percebi que ficaria no mesmo quarto que Arthur. Minhas amigas viviam dizendo que a gente já tinha quatro anos de namoro e que já era para ter acontecido, que homem nenhum aguenta ficar muito tempo sem relações sexuais, mas eu pensava diferente. Queria que fosse tudo do jeito que planejei, do jeito que sonhei. Faltava apenas um ano e meio para terminar a faculdade, provavelmente mais um ano e a gente se casaria. E tudo seria perfeito. O Arthur sempre me respeitou, nunca me obrigou a fazer nada. Mas eu me sentia culpada, às vezes, por não ter permitido ainda. E, sinceramente, ficar no mesmo quarto que ele só iria piorar as coisas.

Os pais do Arthur foram descansar no quarto que eles ficariam hospedados, que era no final do corredor, e o meu quarto e o do Arthur era no início do corredor. Entramos e, enquanto fui ajeitar minhas coisas, Arthur foi ao banheiro tomar banho. Eu não fazia ideia se ele estava planejando algo, eu só sei que não queria daquela forma, e que, se preciso fosse, sairia correndo. Infantil, mas foi a melhor maneira que encontrei de me entreter enquanto ele estava no banheiro, ficar olhando as rotas de fuga possíveis.

Arthur saiu de toalha, com as costas nuas, e o cabelo molhado. Ele era a pessoa mais linda que eu já havia conhecido. Veio sorrindo para o meu lado e me deu um beijo na testa.

— Pode ir tomar banho, amor, desculpa a demora! — ele disse.

— Tudo bem! — Devolvi o beijo, mas dessa vez na boca e senti uma vontade estúpida de abraçá-lo, mas não podia. Não naquelas condições em que ele se encontrava. Peguei minhas coisas e fui para o banho.

Deixei a água quente caindo em minha cabeça. Lá realmente era muito frio, e não se conseguia ficar sem agasalho nem dentro do hotel. Estava tão preocupada com o que aconteceria depois que não sabia nem o que tinha pegado para vestir quando saísse dali. Quando fechei o chuveiro e me sequei, vesti a roupa quentinha que a Karine tinha me emprestado, penteei o cabelo, passei perfume e saí do banheiro batendo o queixo de tanto frio. Arthur, deitado na cama e tentando entender alguma coisa que se passava na televisão, quando me viu saindo toda encolhida do banheiro, começou a rir.

— Está com frio, meu amor? — ele disse, sorrindo. — Vou ligar o aquecedor... Deita aqui para descansar um pouco.

Fui para o lado tremendo horrores e ele me abraçou e me cobriu com o cobertor.

— Que lugar frio! Será q-q-q-u-e vo-o-o-o-u conseguir s-a-a-a--i-r daqui? — eu perguntei, tremendo.

— Claro que vai. Daqui a pouco, você se acostuma! — Ele sorriu e me puxou mais para perto dele.

Adormeci. Acordei com Arthur me chamando:

— Luíza, acorda, Bela Adormecida. Vamos passear. Meus pais já saíram pra trabalhar — Arthur disse baixinho ao meu ouvido.

— Será que está menos frio? — perguntei.

— Sim, levanta pra trocar de roupa e você vai ver...

Eu e ele nos arrumamos e eu fiquei bem quentinha debaixo daquele monte de casacos e calças... Parecia um boneco de neve. Saímos do hotel e já havia um táxi nos esperando. Não fazia ideia de para onde iríamos, mas tudo parecia lindo lá. Comemos, passeamos bastante e, quando já parecia que estava tarde da noite, voltamos para o hotel. Eu não queria que chegasse aquele momento, mas uma hora chegaria. Teria que enrolar o Arthur no mesmo quarto por alguns dias... E tentar me segurar o máximo que podia. Quatro anos de namoro não são quatro semanas. Intimidade é uma coisa que surge, você querendo ou não. É automático.

Encontramos com os pais do Arthur na recepção e fomos jantar. Assim que acabamos, conversamos um pouco, os pais dele pareciam estar exaustos; todos nós subimos para os quartos. Chegamos no "nosso" quarto. Meus olhos estavam arregalados e eu não sabia o que fazer... Arthur deixou que eu fosse primeiro ao banheiro, já que havia reclamado que ele demorava muito. Enrolei o máximo que pude lá dentro. Coloquei um pijama bem confortável e quentinho, não ia dormir de calcinha e sutiã porque, apesar do frio, para que provocar mais ainda a situação crítica em que já estávamos? Eu sabia que, mesmo que ele não dissesse, estava passando pela mesma coisa que eu.

Saí do banheiro correndo direto para as cobertas... Ele entrou no banheiro depois de jogar travesseiros em cima de mim e implicar comigo porque eu não parava de tremer. Fiquei mudando de canal durante os quarenta minutos em que Arthur esteve no banheiro. Pensei em fingir que estava dormindo já, mas qualquer coisa que ele fizesse me faria rir e estragaria a farsa toda. Então, resolvi ficar fingindo estar prestando atenção em um filme americano que passava com a legenda em espanhol.

Quando Arthur saiu do banheiro, notei que ele usava uma calça cinza de moletom, e estava com a camisa pendurada em um dos ombros... Ele veio correndo e pulou em cima de mim, fazendo com que os travesseiros que estavam em cima da cama caíssem. Quando a crise de riso que demos logo em seguida passou, ele me encarou e me deu um beijo. Foi calmo e sereno. E, logo que acabou, ele se levantou e apagou a luz. As luzes dos abajures ficaram acesas, clareando o quarto com a luminosidade da televisão. Depois que ele deitou ao meu lado, ficamos conversando por um longo tempo, então ele começou a aumentar e diminuir a luminosidade do abajur que estava ao dele lado da cama. Sorri e pedi para ele parar com a desculpa de que estava me deixando zonza, mas na verdade era porque a hora de dormir se aproximava.

— Posso desligar a televisão, ou você quer ver algo? — Arthur perguntou.

— Pode desligar! — respondi, nervosa.

Ele desligou a televisão e nós dois nos acomodamos na cama. Ficamos uns segundos parados de frente um para o outro. Sorrindo. Apesar de todo o nervosismo, só o prazer que eu tinha em estar com ele já me fazia bem. Ele escureceu o quarto diminuindo a intensidade da luz no abajur, e deslizou sua mão direita sobre meu rosto. Fechei os olhos. Senti que ele se aproximou e me beijou. Dessa vez devagar, mas firme. Colocou meu corpo colado no dele e nossas pernas se entrelaçaram. Eu não queria largá-lo nunca mais. E, quando suas mãos começaram a passear pelo meu corpo, eu as segurei com força e terminei o beijo.

— Fiz algo errado? — ele perguntou.

— Você sabe que eu te amo, não sabe?

— Claro que sei. Você não está preparada?

— Não é isso! É que... Eu não posso!

— Por que não? Eu já não te dei provas o suficiente que pode confiar em mim, meu amor?

— Claro que deu... Você é lindo comigo, e sei que posso confiar. Mas princípios são princípios, e eu já te disse os meus. Sei que você é capaz de me esperar, se quiser... Mas vou entender se achar que não é isso que você quer!

Ele sentou na cama, me puxando para perto dele. Fiquei sentada entre suas pernas e envolvida em seus braços.

— Luíza, olha, eu disse que te amo e que estou disposto a esperar por você o tempo que for preciso. Já se passaram quatro anos e eu nunca te desrespeitei. Entendo você, e respeito sua decisão, te admiro por isso! Então, me desculpa se eu forcei a barra. Não vai acontecer novamente, é que é difícil pra mim, com você aqui do meu lado, só eu e você.

– Também é difícil pra mim!

– Mas eu jamais vou te decepcionar! Eu te amo e quero você pra vida toda...

Voltamos a nos beijar, dessa vez um beijo longo, que demorou a acabar. O Arthur não existia. Ele era ótimo comigo. E eu podia sentir que ele me amava de verdade. Como disse, quatro anos não são quatro semanas.

Foi uma das melhores noites da minha vida. Dormimos confortavelmente um nos braços do outro. Sem nenhuma tentativa, sem qualquer desrespeito. Quando eu contasse isso para Carol e para Júlia, é óbvio que elas não acreditariam. Ou poderiam até acreditar, o Arthur já as surpreendeu muitas vezes. Essa era apenas mais uma vez. E não seria a última.

21

Noivado

~~~~~~

Quando acordei pela manhã, percebi que já não era tão cedo. O Arthur não estava mais no quarto e, ao me levantar para ir ao banheiro, vi um bilhete dele colado no espelho: *Amor, fui comprar umas coisas com meus pais, não quis atrapalhar seu sono! Prometo que não demoro! Eu te amo. Arthur.*

Relaxei. Depois do dia anterior, todo o estresse pré-noite; depois que vi que não foi nada do que eu estava esperando, me arrumei com calma e ajeitei as coisas no quarto. Pedi meu café da manhã e, quando devorava uma espécie de panqueca doce e bem quentinha, Arthur entrou no quarto.

– Sentiu minha falta? – ele perguntou.

– Só um pouco. Essa panqueca está muito gostosa e não quero dividi-la! – brinquei.

– Eu saí bem cedo, você deve ter acordado agora! Não é?

– Sim, já é tarde?

– Um pouco!

– Cadê as compras?

– Que compras?

— As que você foi comprar com seus pais, ué! Estava escrito isso no bilhete.

— Ah, sim! Estão no quarto deles... Amor, agora preciso que você tome banho e se arrume porque tenho uma surpresa pra você.

— Surpresa? Pra mim? Lá vem você...

— Você vai gostar! A neve está linda e convidativa lá fora. — Ele sorriu.

— Posso usar o dobro de casacos?

— Se não sair rolando e aguentar andar, pode! — ele implicou.

Fui correndo para o banheiro; estava ansiosa. Tomei banho e me arrumei o mais rápido que pude. Quando abri a porta, vi que Arthur não estava mais no quarto. Em cima da cama, havia uma rosa e um bilhete: *Vá em direção à recepção e siga as dicas. Você vai ter uma surpresa! Arthur.*

Peguei minha bolsa e desci, louca para chegar à recepção, detestando estar curiosa. Quando cheguei, vi outra rosa e um bilhete em cima de uma das mesas: *O taxista que está segurando uma rosa é o que vai te levar ao meu encontro. Arthur.*

Taxista? Para onde eu iria? Onde o Arthur estaria? Comecei a ficar preocupada... Que horas eu iria descobrir a surpresa? Fui correndo para a portaria do hotel e logo achei o taxista com uma rosa na mão, pedi licença e ele abriu a porta para que eu entrasse. Quando entrei, ele me entregou outro bilhete: *Meu amor, você está quase lá! Quando o taxista te deixar no local combinado, pegue o vagão três e sente-se na poltrona número 10. Logo, logo, vai saber o que é! Te amo. Arthur.*

Vagão? Como assim? Vou andar de trem? Eu sabia que tinha uma espécie de passeio em um trem pela cidade mostrando os pontos mais bonitos do lugar, mas não queria fazer isso sozinha... Queria o Arthur do meu lado!

Assim que cheguei à estação, o taxista me indicou o trem e entrei no vagão três. Encontrei a poltrona número 10 e nela havia outra rosa e outro recado: *Reta final! Desça na quarta parada e venha ao meu encontro. Te espero aqui. Te amo. Arthur.*

Chegaram todas as paradas, menos a quarta. Parece que fiquei horas naquele trem contando as paradas. E, enfim, quando chegou, desci do trem e olhei a minha volta. Era o lugar mais lindo que já havia visto. A neve deixava o lugar com um esplendor magnífico. Era um local alto, cheio de montanhas, e a neve deixando a grama branquinha fazia com que o lugar ficasse cada vez mais lindo. Procurei pelo Arthur, mas não o encontrei. Será que eu desci no lugar errado? Será que contei errado?

Avistei uma rosa presa no tronco de uma árvore com os galhos cobertos pela neve. Fui lá e achei outro bilhete: *Pronto, você conseguiu! Agora olhe atrás da árvore, leia e responda em voz alta...*

Fui para trás da árvore e vi que em cada papel preso no tronco havia uma palavra... Fui lendo: *Luíza, Você... Quer... Se... Casar... Comigo?*

Eu não conseguia raciocinar... E tive que me segurar para não cair. Apoiei um braço na árvore. Mal podia pensar direito!

— Pode me responder em voz alta? — Arthur surgiu do nada, e percebi que havia mais gente com ele.

Mas eu não conseguia pensar em nada; só o abracei forte e as lágrimas começaram a descer de maneira descontrolada. Percebi que ele sorria, e eu estava começando então a ficar preocupada em saber se eu estava passando vergonha daquele jeito. Quando consegui largar o Arthur e olhar em seus olhos, ele perguntou:

— Gostou da surpresa? — Arthur segurou minhas mãos.

— Isso é pergunta que se faça? Olha o meu estado! Precisa mesmo que eu responda? Você é louco, sabia? – falei, ainda desesperada.

— Por você! Agora, você não respondeu...
— O quê? Se eu quero casar com você?
— Sim!
— É óbvio que quero! Você é o amor da minha vida! Quero ficar com você para sempre... Sempre... Sempre! — Eu o abracei novamente, e o beijei. — Você deve ter tido um trabalho e tanto, amor!

— Meus pais ajudaram! Você achou mesmo que ontem, em pleno domingo, numa cidade como esta aqui, eles iriam trabalhar? Eles adiantaram as coisas pra mim... Aí hoje foi mais tranquilo!

Os pais dele estavam filmando e acenando para mim. Fiquei tão sem graça, mas ao mesmo tempo tão feliz em saber que eles gostavam de mim também.

— Mas falta uma coisa... — Arthur disse.
— Tem mais?
— O anel! — Ele tirou do bolso duas alianças. E elas eram tão perfeitas e pareciam ter sido tão caras que fiquei constrangida.
— Arthur! Ai, meu Deus! Que coisa mais linda! Eu... Eu... Não sei nem o que falar! Elas são lindas...
— Gostou? — Ele se ajoelhou, colocou a minha, com um diamante lindo em cima dela. E entregou a dele, dourada com uns detalhes, para que eu a colocasse em seu dedo.
— Muito! São perfeitas! — Eu tremia tanto que mal conseguia acertar o dedo.

Ele segurou minha cintura com uma das mãos e com a outra, o meu rosto.
— Eu te amo muito! — Ele me fitou com carinho.
— Eu também te amo muito! — Eu o beijei, mesmo com vergonha por saber que os pais dele estavam assistindo e filmando.

Mas naquele momento parecia que éramos só nós dois. E agora eu tinha a certeza de que um dia seríamos mesmo só nós dois.

Quando saímos dali, fomos comemorar com os pais do Arthur. Conversamos bastante, comemos, passeamos.

Os outros dois dias que passamos na Argentina ficamos praticamente o tempo todo sozinhos. Os pais dele estavam resolvendo coisas do trabalho, e eu e ele ficávamos passeando a maior parte do tempo. Jamais vou esquecer aquela viagem. Foi nela que eu tive certeza de que o Arthur seria para sempre o amor da minha vida, por toda a eternidade.

22

Casamento

Após termos noivado, passaram-se mais dois anos para, enfim, nos casarmos. Planejamos tanto, esperamos tanto. E agora o casamento estava ali, prestes a acontecer. No dia, as meninas me acordaram às oito horas da manhã.

— Acorda, Luíza, chegamos pra te levar pra relaxar! — Carol entrou gritando no meu quarto.

— Essa hora? Você não tem casa pra arrumar não? — perguntei, revoltada.

— Sabe que dia é hoje? Você tem muita coisa pra fazer, querida, eu e a Júlia já passamos por isso e sabemos bem como é estressante. Mas nada que uma massagenzinha e uma água quentinha não façam passar... — Carol explicou.

Levantei e resolvi fazer todas as vontades delas, apesar de achar tudo aquilo uma perda de tempo, já que não estava nervosa do jeito que elas esperavam.

Fomos para um SPA e fiquei lá a maior parte do meu dia. Não que eu falasse com o Arthur. Só consegui falar com ele na hora em que elas me deixaram no salão para fazer o cabelo e resolveram comprar algo para comerem. Então aproveitei e liguei para conversar com ele, saber como ele estava, se não tinha desistido (vai saber?)... Ele pareceu calmo também, contou que quem estava com os nervos à flor da pele era a mãe dele. Eu disse sobre as meninas e os exageros delas, ficamos uns minutos ao telefone e desliguei, certa de que tudo daria certo.

As horas passavam depressa e chegara a hora de eu terminar de me arrumar. Minha mãe, a Karine, a Carol e a Júlia estavam no salão comigo; elas já estavam prontas e queriam me arrumar! Quando coloquei aquele vestido branco, com rendas e babados, que valorizava completamente o meu corpo, senti o peso do que estava por vir. Eu e o Arthur já estávamos trabalhando; compramos uma casa com a ajuda de nossos pais, ou seja, já tínhamos o nosso cantinho. Só faltava casar para ir morar lá... Aí, sim, eu poderia me entregar a ele. De corpo e alma.

A cada segundo, o meu maior sonho se tornava real. Depois que terminaram de me arrumar, fui até um espelho e constatei: cabelo, maquiagem, vestido, sandálias, tudo estava do jeito que sempre sonhei. Olhei a minha volta e vi que todas elas, que ficaram do meu lado aquele tempo todo, estavam chorando.

– Filha, você está tão linda! – minha mãe disse, emocionada.

– Lu, nossa! Você está maravilhosa... – Carol sorriu, com os olhos cheios d'água.

– Olhem, vocês todas! Podem ir parando de chorar porque não quero borrar minha maquiagem – respondi, segurando minhas próprias lágrimas.

Em seguida, me colocaram em um carro e fomos em direção à praia. Eu e o Arthur escolhemos fazer a festa na praia, pois foi onde tudo começou. Quando chegamos lá, fiquei emocionada em ver como tudo havia ficado tão lindo. A lancha do pai dele estava ao lado da nossa lancha, que foi, aliás, o presente de casamento dos pais dele. As duas embarcações estavam servindo de pano de fundo. A festa começou. Chegara minha vez. Decidi entrar sozinha, já que meu pai não estaria comigo lá. Não que eu não quisesse entrar com o Miguel, mas apenas porque queria respeitar a ausência do meu pai. Entrar com outra pessoa que não fosse ele seria sofrido para mim.

Quando desci do carro e olhei no rosto de todas aquelas pessoas que me aguardavam, minhas pernas começaram a tremer. Fiquei atordoada por uns segundos, mas, assim que encontrei o Arthur perfeitamente lindo, como um anjo em um terno, me acalmei. Meus olhos se fixaram nos dele e pude notar que nós dois segurávamos as lágrimas. Não havia nada para impedir aquele momento. Nada. O Lucas, os problemas, nada nos impediria. Fui andando em direção ao meu noivo e, quando ele veio encontrar comigo e senti suas mãos encontrando as minhas, uma lágrima escapuliu. Ele passou sua mão em meu rosto e sussurrou no meu ouvido:

— Eu te amo muito e este é o dia mais feliz da minha vida.

Eu só consegui sorrir. Fomos caminhando, então, para nossa verdadeira felicidade. Depois da cerimônia, dos votos, das promessas, das juras de amor eterno, depois de tudo aquilo, agora estávamos casados. Arthur era meu marido. E, sim, seríamos felizes. Plenamente felizes.

A festa foi perfeita. Todos estavam lá. Tiramos fotos, dançamos, sorrimos e até ensaiamos um tango com a Carol e o Pedro. Foi tudo como sempre sonhei... A parte ruim dessas festas é que a gente fica exausta. E eu não poderia largar tudo e ir para casa, virar para o lado e dormir, como fazia quando era solteira. Eu e o Arthur resolvemos dormir em casa e viajar para a lua de mel apenas no outro dia pela manhã. Mas eu sabia que dessa noite não passaria.

Quando chegamos a nossa casa, ambos cansados e loucos por uma ducha, pedi a Arthur que fosse tomar banho no banheiro do futuro quarto de nossos filhos, porque eu precisava de umas horas para tirar o laquê do cabelo, e, até que ele tomasse banho, eu já estaria dormindo. Combinamos assim. Ele me ajudou a abrir o vestido e, sensivelmente, beijou minhas costas e o meu pescoço. Dei um sorriso para ele e fui para o banho. Depois de tirar aquele monte de roupas e de lavar um milhão de vezes o cabelo, tremia mais do que no momento em que entrei na cerimônia do casamento. Coloquei com cuidado a lingerie branca que a Carol e a Júlia haviam me ajudado a comprar e que eu mal sabia como vestir. Olhei para o meu rosto refletido no espelho, e eu parecia mais bonita, mais feliz. Passei hidratante no corpo inteiro e derrubei as escovas e pentes de cabelo no chão. Eu estava completamente nervosa e desastrada. Tinha medo do que poderia acontecer...

Antes que eu saísse do banheiro, coloquei um roupão de seda branco e sequei um pouco o cabelo. Enfim, fiquei uns minutos procurando mais alguma coisa para fazer dentro daquele banheiro, mas não havia mais nada para mim. Teria que sair de uma forma ou de outra. Respirei fundo, pus a mão na maçaneta da porta, abrindo-a em seguida.

O quarto estava à meia-luz, e isso me tranquilizou um pouco. Pelo menos ele não veria meu rosto vermelho de vergonha. Vi que ele estava sentado na beirada da cama e estendeu as mãos para mim. Parei em pé diante dele. Meu coração parecia prestes a saltar. Ele segurou minhas mãos e as beijou.

— Está nervosa? Sua mão está gelada... — ele perguntou.

— Um pouco! — Tentei parecer convincente.

Ele soltou minhas mãos e desamarrou devagar a fita que prendia o roupão. Eu mal conseguia encará-lo, só vi que ele estava sem camisa e de cabelo molhado. Mantive-me praticamente imóvel, quando ele puxou o roupão com delicadeza e este escorregou pelas minhas costas até cair ao chão.

— Você está mais linda do que nunca! — Ele se levantou e fez com que eu desse uma "voltinha" segurando uma de minhas mãos.

Estava quase congelada. Sorri sem graça e respirei fundo mais uma vez.

— Olha pra mim, Luíza! — Ele segurou meu rosto. — Não precisa ter medo! Tem uma coisa que eu não te contei nesses seis anos que namoramos...

Meu coração acelerou mais ainda. Não fazia ideia do que ele estava prestes a dizer.

— O quê? — perguntei, preocupada.

— Eu também sou virgem. Vamos descobrir isso juntos!

Estava escuro, mas tenho certeza de que ele deve ter percebido o quanto meus olhos ficaram arregalados. Eu não esperava aquilo! Está certo que nós mal conversávamos sobre o assunto, mas nunca imaginei que ele também pudesse ser virgem! E isso me tranquilizou tanto. Meu coração ficou mais calmo e pude respirar melhor. Não me sentia mais sufocada pelo medo ou pela tensão. Não consegui falar com o Arthur; agi por instinto e o beijei. E dessa vez parecia um grito desesperado da minha alma em tê-lo. Agora eu podia pertencer a ele; e ele pertenceria a mim. Nossos olhos se fixaram, nossos corações batiam no mesmo ritmo. As mãos dele foram descendo sobre meu corpo e, quando me dei conta, já estávamos selando nosso pacto de amor.

Aquele dia foi exatamente como eu havia sonhado! Tudo de acordo com os meus princípios e os meus planos. Foi tudo perfeito! Cada detalhe, cada momento. Tudo!

Quando acordei pela manhã, Arthur ainda estava dormindo. Levantei, fui ao banheiro e descobri um papel colado no espelho.

Bom dia, eu te amo muito, minha linda!

Mas ele não estava dormindo? Quando abri a porta do banheiro novamente, Arthur havia colocado uma bandeja de café da manhã em cima da cama. Estava extremamente lindo e descabelado daquele jeito. Tomamos café em nossa cama, sorrimos, nos beijamos, conversamos.

Sei que casamento não é apenas um "mar de rosas". Sei que teríamos problemas. Sei que passaríamos por coisas difíceis. Mas, quando se tem a certeza de que a pessoa escolhida é alguém certo para você, qualquer obstáculo se torna um mero detalhe. O amor vence. Eu tinha essa certeza, e o Arthur também. Nada atrapalharia nossa felicidade agora.

Epílogo

Amar é encontrar uma coragem dentro de si que nem se sabia que existia.

Sabe o amor? Certa vez, ouvi alguém dizer e concordo: ele não começa com "era uma vez" nem termina com "felizes para sempre". Na maioria das vezes, não é nada comparado a um conto de fadas... Ele pode começar com um olhar, com uma lágrima, sorrisos sinceros, amizades verdadeiras, ou pode começar com brigas e sentimentos opostos aos que são de costume. Com uma conversa, ou dentro do almoxarifado da escola. Pode começar de várias formas e te envolver cada vez mais em seus segredos e suas armadilhas.

O amor é complexo. Mas ele realmente existe. Porém, difícil mesmo é encontrar quem o faça vivê-lo em sua complexidade. Não importam as pessoas, os lugares e os tempos, sempre vai ser amor. O amor não é feito de palavrinhas idiotas, o amor é feito de grandes gestos, como li uma vez; é feito com aviões levando faixas sobre estádios, propostas em telões, ou rosas e bilhetes espalhados por toda uma cidade. Ele é feito de atitudes, não só de palavras.

Amar é encontrar uma coragem dentro de si que nem se sabia que existia!

É muito bom quando encontramos alguém que nos preenche... Que nos completa... Que nos faz sorrir de verdade. E é melhor ainda ter convicção do que se sente e do que se está fazendo. Porque, para mim, o Arthur não é a terceira nem a segunda alternativa. Ele é a minha escolha. E todos os dias, quando acordar, vou escolhê-lo novamente.

A primeira impressão de alguém pode não ser a que importa, mas é a que mais fica. E, se minha primeira impressão sobre o Arthur não tivesse ficado, e eu o tivesse simplesmente ignorado, nós não chegaríamos aonde chegamos. Como eu poderia ser completa se minha metade estava guardada com ele?

Depois de contar aqui todos os momentos mais marcantes da minha história de amor, preciso contar uma última coisa.

Quando voltamos da lua de mel, Arthur e eu fomos buscar o álbum de fotos do casamento e as filmagens. Quando chegamos a nossa casa, loucos de curiosidade para ver e sentir aquela nostalgia deliciosa, começamos a ver as fotos, uma por uma, detalhe por detalhe, sempre lembrando de algo que ficou marcado em cada uma delas.

E foi lá que encontrei algo que me deixou intrigada. Em uma das fotos, eu e o Arthur estávamos dançando e segurando cada um uma taça que já estava quase vazia. Do lado direito da foto, atrás da taça que eu o segurava, reconheci um rosto. Um rosto sério e muito familiar: Lucas...

Como não o vi?

Ele estava de volta?

Mostrei a foto para o Arthur. Eu não tinha mais medo. Tinha o Arthur agora. E sei que ele me protegeria do que estivesse por vir. Arthur me olhou fixamente, segurou minhas mãos e disse as palavras nas quais mais confiei em toda a minha vida:

– Ninguém vai te machucar. Nada vai nos separar. Eu vou sempre estar com você. Eu te amo.

Eu sorri e tinha completa convicção de que, realmente, minha felicidade ao lado do Arthur estava apenas começando.

Primeira noite
Luíza e Arthur

O outro lado da memória
Beatriz Cortes

Quando acordei naquela manhã e encontrei Arthur dormindo ao meu lado, pensei no quanto tinha que agradecer por tê-lo encontrado. Ao chegar ao banheiro e me encarar no espelho, lembrei-me de todos os detalhes da noite anterior: nossa primeira noite juntos!

Após descobrir que Arthur também era virgem, uma onda de segurança me invadiu. Apesar de não termos experiência nenhuma com nada daquilo podia afirmar que fora a melhor noite de toda a minha vida, até aquele momento.

Nunca havia vestido uma lingerie com o propósito de que alguém a visse. E eu estava ali, parada na frente do meu marido (MEU MARIDO, MEU DEUS), seminua, com o rosto corado. Arthur não parava de dizer como eu estava linda. Eu queria dizer o mesmo, mas vê-lo de boxer branca, sem camisa e com o cabelo molhado na minha frente me fez ficar ainda mais sem palavras. Ele era lindo demais. Os olhos dele brilhavam e ele sorria feito um anjo quando me encarava. Ficando de frente pra mim, me beijou suavemente e, ao encostar suas mãos no meu rosto, senti que também estava tão nervoso quanto eu.

O beijo se intensificou, suas mãos desceram por minhas costas e senti meus pelos arrepiarem. Segurei com força em seus cabelos molhados e senti o toque delicado dele em minha cintura.

— Eu amo você! — ele disse, enquanto terminava um beijo.

— Eu também amo você! — foi a única coisa que consegui dizer.

Ao beijar meu pescoço e percorrer a linha que o levava ao meu ombro, ele abriu com delicadeza meu sutiã. Meu coração batia em um ritmo descompassado e o sorriso do Arthur pra mim me fazia pensar que não haveria coisa mais linda nesse mundo. Eu observei cada detalhe no seu rosto, cada marca, cada movimento, sabendo que aquele seria um dia que eu jamais esqueceria.

Ele me deitou delicadamente na cama e o calor do corpo dele no meu me fez estremecer. Era a primeira vez que sentia aquilo. Arthur me encarou com seus olhos claros e profundos e então o beijei. Tudo o que aconteceu depois daquele beijo foi inexplicável. A mão dele me segurando com força, seu cheiro, seu calor, sua boca percorrendo todo o meu corpo me fazendo sentir coisas que eu nunca havia sentido, tudo, exatamente tudo, até a dor já esperada, tudo foi incrivelmente lindo e inesquecível.

E essa foi a primeira vez. A primeira vez naquela noite. A primeira vez de várias noites. A primeira vez de toda uma vida. Valeu a pena ter esperado por aquele momento. O Arthur seria o único homem da minha vida. Eu não precisava ter algo com outra pessoa pra saber que com ele tudo foi perfeito como teria que acontecer. Ele era lindo. E, acima de tudo, era meu amor.

Meu anjo. A pessoa que me faria feliz, com quem teria filhos, a pessoa que acordaria todos os dias com aquele sorriso lindo do meu lado. Era o Arthur. E hoje percebo que não poderia ser qualquer outra pessoa. Tinha que ser ele.

SAIBA MAIS, DÊ SUA OPINIÃO:

Conheça - www.novoseculo.com.br
Leia - www.novoseculo.com.br/blog

Curta - /NovoSeculoEditora

Siga - @NovoSeculo

Assista - /EditoraNovoSeculo

novo século®